Vasco und Tina sind einander verfallen – dabei will Tina in wenigen Wochen Edgar, den Vater ihrer Zwillinge, heiraten. Was klingt wie eine tausendfach erzählte Dreiecksgeschichte, entpuppt sich bei François-Henri Désérable als charmantes, vor Esprit prickelndes Liebes- und Leseabenteuer.

Für Vasco, Bibliothekar der Bibliothèque nationale de France, und Tina, die Schauspielerin, die jeden Morgen zwischen zwei Tassen Kaffee Gedichte von Paul Verlaine und Arthur Rimbaud rezitiert, ist die Literatur ein unentbehrliches Liebeselixier. Vasco schreckt nicht einmal vor dem Diebstahl jener Schatulle zurück, in der das Herz von Voltaire aufbewahrt wird, oder vor dem Einsatz des Revolvers, mit dem Verlaine 1873 auf Rimbaud schoss.

Nun sitzt Vasco im Gefängnis und der namenlose Chronist dieser Folie à deux, Vascos und Tinas bester Freund, vor dem Untersuchungsrichter. Er soll ihm die Gedichte erklären, die Vasco über seine Liebe zu Tina geschrieben hat. Der Freund versteht Vascos Anspielungen und erzählt dem Richter viel über die Form von Sonetten und Haikus. Doch die ganze Wahrheit über Vasco und Tina enthüllt er nur den Leserinnen und Lesern.

Diese Amour fou macht Lust auf Lyrik, auf Verse wie die von Paul Verlaine, die dem Roman den Titel geben:

Ist voller Spott dein Herz
Oder empfindsam, sachte?
Nichts weiß ich, doch ich danke der Natur,
Die mir dein Herz zum Meister und Bezwinger machte.

François-Henri Désérable

Mein Meister und Bezwinger

ROMAN

Aus dem Französischen von
Tobias Scheffel und Claudia Steinitz

EDITION BLAU
Rotpunktverlag

Die Originalausgabe ist 2021 unter dem Titel
Mon maître et mon vainqueur in den Éditions Gallimard
erschienen.

www.rotpunktverlag.ch

Umschlagbild: Kim Myers Robertson

Fotos Seite 49, 76, 86, 142: François-Henri Désérable
Foto Seite 152: Paul Dornac © Musée Carnavalet

Lektorat: Anina Barandun

Korrektorat: Sarah Schroepf

Umschlag: Patrizia Grab

Satz: Gaby Michel, Hamburg

Druck und Bindung: Friedrich Pustet, Regensburg

ISBN 978-3-03973-001-8
1. Auflage 2023

Dieser Titel ist auch als E-Book erhältlich.

Alles Gute

Ist voller Spott dein Herz
Oder empfindsam, sachte?
Nichts weiß ich, doch ich danke der Natur,
Die mir dein Herz zum Meister und Bezwinger machte.

Paul Verlaine

Zeichnen wollte ich das Bewusstsein zu existieren
und das Verstreichen der Zeit.

Henri Michaux

1

Dass die Geschichte aus dem Ruder läuft, habe ich begriffen, als ich in einen Waffenladen gegangen bin. Das sollte mir Vasco später, sehr viel später anvertrauen, eines Tages, als wir beide auf einer Caféterrasse saßen. An jenem Tag also, ich meine den, an dem er in einen Waffenladen ging, hatte Vasco Drohungen erhalten, und zwar so ernsthafte, dass er das Bedürfnis verspürte, sich eine Schusswaffe zu besorgen.

Es war ein Freitag im Oktober, kurz vor Mittag, unweit der Gare du Nord. Im Schaufenster lagen neben Gewehren und Handfeuerwaffen, Colt, Browning, Beretta, Luger – Namen, die ihm vertraut waren, von denen er aber nicht hätte sagen können, ob sie Marken oder Modelle bezeichneten, ob *Beretta* zum Beispiel eine Gattungsbezeichnung war oder eine Marke, ein Eigenname, der in den allgemeinen Sprachgebrauch eingegangen war –, auch Blankwaffen, lange Dolche, Säbel, Messer, Wurfmesser und sogar, sagte mir Vasco, ein Champagnersäbel.

Der Waffenverkäufer saß hinten im Laden auf einem Schemel mit einem Sandwich in der Hand vor dem Computer.

Er schaute auf: Kann ich Ihnen behilflich sein?

Nun ja, sagte Vasco, ich gedenke, einem Schützenverein beizutreten, könnten Sie mir da etwas empfehlen?

Schon, schon …, schnarrte der Waffenverkäufer, wenn Sie in einem Jahr wiederkommen.

Und er erklärte ihm, das sei nicht so einfach, es sei nicht wie in den Vereinigten Staaten, wo man mit einer 9-mm-Pistole in einer Papiertüte den Laden verlässt, als hätte man gerade sechs Donuts gekauft, nein, in Frankreich brauche man da eine Genehmigung, die unterschiedlichen, kumulativen Voraussetzungen unterliege – volljährig sein und die Lizenz eines Schützenvereins haben, kein Eintrag im Führungszeugnis, nicht unfreiwillig in psychiatrischer Behandlung gewesen sein und so weiter. Und dann müsse man seinen Antrag bei der Präfektur stellen, einen ganzen Haufen Unterlagen beibringen, Formulare, Belege, Erklärungen, Bescheinigungen, Urkunden, Bewilligungen, Bescheide, Ausweise, all das könne Monate dauern, mindestens ein Jahr, und selbst dann, so warnte ihn der Waffenverkäufer, ist immer noch nicht sicher, dass man Ihnen die Erlaubnis auch erteilt: Wissen Sie, bei all den Attentaten …

Und wenn ich bedroht werde, hat Vasco eingewandt, wenn ich mich verteidigen muss – was mache ich dann?

Das Beste ist ein Teleskopschlagstock, empfahl der Waffenverkäufer, zum Beispiel der hier. Und er holte einen schwarzen Schlagstock aus vernickeltem Stahl mit rutschfest geriffeltem Gummigriff aus dem Schaufenster – *die Crème de la Crème für nur 59 Euro 90*. Zeigen Sie mal, bat Vasco. Zusammengeschoben maß der Schlagstock einundzwanzig Zentimeter, ausgezogen war er dreiundfünfzig lang, gerade genug, um einen Angreifer auf Abstand zu halten.

Besser als gar nichts …, hat Vasco sich gesagt und den Laden mit seinem Teleskopschlagstock in einem Nylonetui verlassen. Fast einen Monat lang ging er nur noch mit dem Schlagstock aus dem Haus, und mit Angst im Bauch, weil er damit rechnete, jeden Moment Edgar mit einem Baseballschläger in der Hand vor der Tür aufkreuzen zu sehen, denn das hatte Edgar neben anderen Sachen in seiner Mail geschrieben: Ich schlag dir den Schädel mit dem Schläger zu Brei.

Mein Schlagstock, mein kleiner Schlagstock, sagte sich Vasco beruhigt, während er ihn streichelte: Man musste ihn nur am Griff halten, dann eine schnelle Bewegung aus dem Handgelenk machen, wie ein Pendel von hinten nach vorn, und Hopp! entfaltete er sich. Damit wurde er zur gefährlichen Waffe, ein Schlag in den Unterkiefer, hatte der Waffenverkäufer ausgeführt, und der Angreifer kann sechs Monate lang nur noch Suppe schlürfen. Daran dachte Vasco, wenn er an Edgar dachte, Suppe, komm nur her, und du schlürfst sechs Monate lang Suppe.

2

Aha!, rief der Richter, das erklärt mir dies:

Nicht Colt nicht Luger
Nicht Beretta nicht Browning
Schlürf Suppe, Edgar

Mal wieder ein Haiku, sagte ich. Sie brauchen nur die Silben zu zählen: fünf, sieben, fünf. Insgesamt siebzehn.

Siebzehn Silben, sagen Sie?, fragte der Richter, der leise das Haiku aufsagte und dabei an den Fingern abzählte:

Ni/Colt/ni/Lu/ger (5)
Ni/Be/ret/ta/ni/Brow/ning (7)
Bois/ta/sou/pe/Ed/gar (6)

Der letzte Vers, sagte der Richter: Der hat sechs Silben, nicht fünf.

Fünf. Wegen der Elision: Der unbetonte Vokal am Ende eines Wortes verschmilzt mit dem am Anfang des folgenden Wortes: *Le juge est un bon juge (Der Richter ist ein guter Richter)* zum Beispiel, ist nicht nur Schleimerei, sondern auch ein Sechssilbler: Das *e* von *juge* verschmilzt mit dem *e* von *est*: *Le/ju/ge est/un/bon/juge* = sechs Silben. Ebenso mit *Bois/ta/sou/pe Ed/gar*: das *e* von *soupe* verschmilzt mit dem *e* von *Edgar*, der Vers zählt fünf Silben und der ganze Dreizeiler siebzehn. Aber egal, ich bin ja nicht für einen Kurs in Verslehre hier …

In der Tat, sagte der Richter. Und dann: Vuibert, bringen Sie mir das Asservat Nr. 1.

Und während er darauf wartete, dass der Gerichtsschreiber ihm das Asservat Nr. 1 brachte, zündete er sich eine Kippe an. Er fragte mich, ob ich auch eine wolle, aber ich rauche nicht, ich habe nie in meinem Leben wirklich geraucht, also hat er allein geraucht, der Richter, schweigend, am halb offenen Fenster, den Blick in die Ferne gerichtet, Richtung Fontaine Saint-Michel, die Haare im Wind, vom Wind zerzaust, seine Krawatte hing schief, man konnte meinen, ein Dichter, und vielleicht war im Grunde ja das seine Berufung: als Dichter zu leben. Vielleicht war er nur zufällig in den Hörsälen einer juristischen Fakultät gelandet, zufällig auf der staatlichen Richterhochschule, nicht mehr ganz zufällig im Pariser Justizpalast, wo er Ermittlungen führte, Akten prüfte, Zeugen anhörte, während er doch innerlich nur danach strebte, Dichter zu sein, oder einfacher, den Dichter zu spielen, dessen Pose einzunehmen, das heißt, die Sonne über der Seine versinken zu sehen, während er mit schiefer Krawatte Sonette deklamierte.

Das dachte ich, während er an das trunkene Schiff, an Aquitaniens Fürst, dem sie den Turm zerhauen, an das trauernde Fleisch, ach!, an die langen Schluchzer der Geigen im Herbst dachte, oder prosaischer an seine Kleinen, die er später von der Schule abholen musste, an seine Frau, die ihn gebeten hatte, bei der Reinigung vorbeizugehen und ihren schwarzen Lederrock abzuholen, an die Netzstrümpfe, an die Spitzenstrumpfbänder, die sie gelegentlich darunter trug; vielleicht an nichts. Er drückte die Kippe auf dem Fensterbrett aus; die Tür ging auf; der Gerichtsschreiber war da.

Erkennen Sie ihn?, fragte der Richter.

Wenn ich nicht irre, sagte ich, handelt es sich um den Gerichtsschreiber.

Der Gerichtsschreiber lächelte, nicht so der Richter.

Nicht der Richter, der sagte, indem er auf das Asservat Nr. 1 zeigte, das ihm der Gerichtsschreiber ausgehändigt hatte: Den hier, erkennen Sie den?

Wie sollte ich ihn nicht erkennen? Ich hatte ihn stundenlang betrachtet, hatte Lauf und Griff gestreichelt, hatte ihn mit unendlicher Vorsicht in den Händen gehalten. Ich hatte sogar auf Vasco angelegt, hatte zum Spaß auf den Abzug gedrückt und hatte das Klicken gehört, das er macht, wenn man trocken schießt, ohne Munition, und der Hahn auf die Trommel schlägt. Ich hätte ihn unter tausend erkannt.

Also, insistierte der Richter, erkennen Sie ihn?

Und ich hätte Nein sagen, hätte behaupten können, ihn nie gesehen zu haben, diesen sechsschüssigen 7-mm-Lefaucheux, tut mir leid, nie gesehen, hätte ich sagen können, aber mir fiel ein, dass ich kurz zuvor geschworen hatte, die Wahrheit und nichts als die Wahrheit zu sagen, ich hatte sogar die rechte Hand gehoben; mir fiel ein, dass ich vor einem Richter saß, im Büro eines Richters, und der Richter wirkte nicht so, als säße er zum Spaß da.

Warten Sie, sagte ich, zeigen Sie mal.

Und wieder konnte ich den Revolver ganz aus der Nähe ansehen, wieder sah ich, selbst durch den transparenten Plastikbeutel hindurch, die Prägung »ELG et étoile«, die auf die Vorderseite der Trommel geschlagenen Initialen »JS« und natürlich die Seriennummer, die berühmte Nr. 14096, die die Literaturgeschichte so in Aufregung versetzt hatte.

Ich gab zu, ja, ich erkenne ihn.

Gut, sagte der Richter erfreut. Arbeiten wir weiter an der Verbindung zwischen dem Revolver und diesem Heft hier.

Das Heft war das Erste, was der Richter mir gezeigt hatte, als ich kurz zuvor in sein Büro gekommen war. Ein großkariertes Clairefontaine-Heft im Format 21 × 29,7. Sechsundneunzig Seiten, von denen nur etwas mehr als die Hälfte übrig waren – der Rest war in meinem Papierkorb gelandet. Unter der biegsamen und durchsichtigen Umschlagseite war mit Filzstift geschrieben:

MEIN MEISTER UND BEZWINGER

Auf den folgenden Seiten standen Gedichte. Das war, was man bei Vasco gefunden hatte: den Revolver, ein mit etwa zwanzig Gedichten vollgekritzeltes Heft und später, nach ballistischer Begutachtung, Pulverrückstände an seinen Händen. Das also ist von seiner Liebesgeschichte übrig, dachte ich.

Na, das ist ja was, sagte ich. Wenn der Richter mich vorgeladen hatte, dann weil er gute Gründe hatte zu glauben, ich könnte ihm helfen, mehr zu verstehen. Ein echtes Geduldsspiel, hatte er mir gestanden: keine Zeugen, oder besser gesagt, hatte er sich korrigiert, zweihundertfünfzig Zeugen, von denen kein Einziger vertrauenswürdig war, denn alle, da sie das Opfer mehr oder weniger gut kannten, hatten dessen Partei ergriffen, alle belasteten den Beschuldigten, der nur einen Namen im Munde führte: Tina. Vasco wiederholte in Dauerschleife Tina, Tina, Tina, als würde das Psalmodieren ihres Vornamens sie zurückbringen. Klären Sie das mit Tina, sagte Vasco, aber die fragliche Tina, so der Richter betrübt, weigerte sich, bei der Ermittlung mitzuarbeiten, zu der Vasco nur lakonisch sagte: Das Notizheft, alles steht in dem Notizheft, Sie brauchen nur die Gedichte zu lesen.

Also, hatte der Richter gefragt, erklären Sie mir das?

Ich galt als Vascos bester Freund. Ich war einer der engsten Freunde von Tina. Kurz, der Richter setzte große Erwartungen in mich. Und ich war einverstanden, ihm zu erklären, was er wollte, wenn ihm das Spaß machte, konnte ich mich gut zum Exegeten dieser Gedichtsammlung machen, aber ich hatte ihn dann doch gewarnt, er würde sich mit Geduld wappnen müssen, all das würde Zeit brauchen. Das war wirklich eine Geschichte, diese Geschichte.

Ich werde dafür bezahlt, dass man mir welche erzählt, hatte der Richter gesagt.

Womit fange ich an?

Erzählen Sie mir von ihr. Erzählen Sie mir von Tina.

3

Schweigen. Von Tina habe ich als Erstes ein Schweigen gehört. Sie war eines Morgens im Radio eingeladen, um Werbung für ihr Theaterstück zu machen, der Moderator hatte sie gerade gefragt, ob das Theater die Wirklichkeit nur abbilde oder ob es sie transzendiere, um etwas Universelles zu erreichen, eine Frage, auf die man meistens nur eine abgedroschene Antwort erhält – nicht so bei Tina, die beschlossen hatte, *wirklich* darüber nachzudenken, als würde sie innerlich jedes ihrer Worte abwägen.

Ergebnis: Stille, eine lange Stille, die der Moderator füllte, so gut er konnte, indem er noch mal die Uhrzeit sagte (9:17 Uhr), den Namen des Senders und den seines Gastes, ihr Alter (achtundzwanzig), ihren Beruf (Schauspielerin), dann den Titel des Stückes *(Zweieinhalb Tage in Stuttgart)*, in dem sie eine Hauptrolle spielte und das ihr eine Molière-Nominierung eingebracht hatte (als beste Nachwuchsdarstellerin), und schließlich, worum es darin ging (die letzte Begegnung zwischen Verlaine und Rimbaud, die zweieinhalb Tage, die sie im Februar 1875 zusammen in Stuttgart verbracht hatten), bevor er seine Frage anders formulierte (also, das Theater – Mimikry oder Mimesis?).

Ich war zu Hause, im Bad, das Radio stand auf der Waschmaschine, ich putzte mir die Zähne und konnte deutlich das Reiben der Borsten auf dem Zahnschmelz hören, ich konnte hören, wie der dünne Wasserstrahl rann und vor allem, vor allem Tinas Schweigen, ja, ich hörte Tinas Schweigen, und ich dachte, man sollte eine Typologie des Schweigens entwickeln, die verschiedenen Formen beschreiben, sie dann kategorisieren, vom suggestiven Schweigen bis zum beklemmenden Schweigen, vom feierlichen Schweigen bis zum betrübten Schweigen, vom monotonen Schweigen irgendwo auf dem Land im Winter bis zum gottesfürchtigen Schweigen der Gläubigen in der Kirche, vom tränenerstickten Schweigen der Totenzimmer bis zum kontemplativen Schweigen der Vollmondliebhaber, alle sollte man sie beschreiben, bis hin zum radiofonen Schweigen von Tina.

Zehn Minuten ging das so, ein quasi vollkommenes Schweigen, nur unterbrochen von den Fragen des Moderators, der sich inzwischen fast dafür entschuldigte, eingeschüchtert von Tinas nachdenklichem Schweigen, einem langen, im Radio ungewöhnlichen Schweigen, dessen Intensität durch die Versuche des Moderators nur noch gesteigert wurde. Sie hatte mich zunächst aufmerksam werden lassen, dann hatte sie mich genervt. Sie schien sich beim Nichts-Sagen zuzuhören, so wie andere sich beim Reden zuhören. Schließlich ließ der Moderator ein Chanson laufen: *Ton héritage* von Benjamin Biolay – ich erinnere mich, als wäre es heute Morgen gewesen, ich hörte es zum ersten Mal, großartig, dieses Chanson. *Si tu aimes l'automne vermeil, merveille, rouge sang*, habe ich angestimmt, sagt Ihnen das was? Nein? Na gut.

Jedenfalls hat Tina nach dem Chanson von Biolay angefangen zu reden.

Nicht von sich, nicht von ihrem Stück, nicht, um auf die Fragen des Moderators zu antworten: Sie begann, Gedichte zu rezitieren. Wie viel Zeit haben wir noch, hat Tina gefragt, zehn Minuten, oder? Also lassen Sie mich Ihnen ein bisschen Verlaine, ein bisschen Rimbaud schenken, lassen Sie mich Ihnen Gedichte rezitieren. Und zehn Minuten lang hat sie live im Radio zur besten Sendezeit Verse gesprochen, sie hat mit einem Sonett aus den *Poèmes saturniens* begonnen, und als sie fertig damit war, hat sie, ohne den Moderator auch nur dazwischengehen zu lassen, mit einem anderen Gedicht weitergemacht, diesmal von Rimbaud: *Au Cabaret-Vert*, über dessen letzten Vers sie gesagt hat, hören Sie, hören Sie die Alliterationen, *der kräftige Krug, mit schimmerndem Schaum / vergoldet von letzter verbliebener Sonne*, hören Sie gut zu, und sie hat den Vers wiederholt und dabei jede Silbe einzeln ausgesprochen und jedes Phonem betont, und übergangslos haben wir noch das *Bateau ivre* bekommen, mit den fünfundzwanzig Vierzeilern, die sie von Anfang bis Ende durchsprach, so wie sie immer gesprochen werden müssten, mit einer gesetzten und bedächtigen Stimme, die nicht an den Stimmbändern entsteht, nicht durch das Reiben der Luft aus der Lunge am Kehlkopf entlang, sondern weiter weg, tiefer, im Herzen, den Eingeweiden, dem Unterleib, was weiß ich, einer Stimme, die einen die klatschende, tobende Tide *hören* lässt, die einen die Sonnenflechten und den azurnen Schleim *sehen* lässt, die schwarzen Seepferdchen, die ragenden Archipele, und während man auf einem konkurrierenden Sender einen lokalen Abgeordneten hören konnte, wie er ein von einer Bande von Unfähigen in Hinterzimmern ausgehecktes, zusammengeschustertes Reformprojekt anprangerte, das die Finanzen der Kommunen belasten würde, und auf einem anderen einen Minister ebendiese Maßnahme verteidigen hörte, die in der aktuellen Konjunkturphase notwendig sei, um einen ausgeglichenen Haushalt zu erreichen, das Wachstum anzukurbeln und so wieder das Vertrauen der privaten Haushalte zu gewinnen, und auf noch einem anderen einen Gewerkschaftsführer, der den Regierungschef warnte, der versicherte, er sei entschlossen, Kurs zu halten, wolle aber den gesellschaftlichen Dialog wieder aufnehmen, und auf einem weiteren schließlich einen Imitator, der all diese Leute imitierte, worüber der Moderator der Morgensendung immer wieder bemüht lachte, rezitierte Tina Gedichte, und ich stand da, in meinem Badezimmer, lehnte an der Waschmaschinentrommel, und wie eine Million andere Zuhörer atmete ich an jenem Morgen nur noch bei der Zäsur zwischen zwei Hemistichien.

Ich fand sie abwechselnd affektiert und aufrichtig, angeberisch, dann anrührend, ich wusste nicht, woran ich mich halten sollte, ich wusste nicht, ob ich fasziniert oder verärgert oder beides zugleich war, aber sie hatte mir Lust gemacht, sie und ihre Aufführung zu sehen. Es gab nur noch ein paar Plätze in der Kategorie 4, zu achtunddreißig Euro und mit »eingeschränkter Sicht«. Ich dachte naiv, sie sei *teilweise* eingeschränkt, diese Sicht, *geradezu lächerlich* eingeschränkt, ich dachte, zu dem Preis könnte ich *mindestens* zwei Drittel der Bühne sehen und sogar, wenn ich mir die Mühe machte, mich ein bisschen vorzubeugen, warum nicht, die ganze Bühne – nun war jedoch das, was ich für eine harmlose Warnung gehalten hatte, ein Euphemismus und zugleich echter Betrug: Ich fand mich auf einem Klappsitz hinter einer Säule wieder, was sage ich, einem Pfeiler, einem tragenden, enormen, massiven Pfeiler, und wenn Sie ihn weggenommen hätten, diesen Pfeiler, so wäre zweifellos das gesamte Gebäude in sich zusammengestürzt, und in dem Moment hätte ich nichts dagegen gehabt, es über den Dreckskerlen zusammenstürzen zu sehen, die mir diesen Platz verkauft hatten, denn ich konnte mich noch so sehr verrenken, ich konnte den Hals noch so sehr hinter den meines Nachbarn strecken, nichts. Von *Zweieinhalb Tage in Stuttgart* habe ich nichts gesehen. Achtunddreißig Kröten, habe ich gesagt. Und siebzig Kröten Osteopathie. Für den steifen Hals.

Das heißt, als ich dort rausging, hatte es mir gründlich die Petersilie verhagelt. Zugegeben, Sie werden mir sagen, dass mich das nicht daran gehindert hat, alles zu hören, vom ersten bis zum letzten Satz – dem authentischen Satz, den Verlaine sagte, als er von Rimbauds Tod erfuhr –, aber dieses nach den Worten von *Le Point* »sensible und atemlose« Stück von »verblüffender Wirklichkeitsnähe« *(Le Monde)*, »getragen von zwei Schauspielerinnen auf dem Höhepunkt ihrer Kunst« *(Télérama)*, mit der »jungen Lou Lampros, meisterhaft in der Rolle des Rimbaud« *(L'Officiel des spectacles)*, und »der Entdeckung des Jahres in der Rolle von Verlaine« (*Elle*, die also von Tina sprach), dieses Stück hätte ich dann doch ganz gern gesehen. Zwiespältig war nur die Meinung des *Figaro*: »Ein Monument an Geschwätz, in einem Bühnenbild ohne Anmut, nur halb gerettet von der gewollt mutigen Besetzung (die beiden Dichter gespielt von zwei Frauen, was für eine Idee!)« – ein Satz, der leider ein wenig zu lang war, um ihn *in extenso* auf das Plakat zu drucken, wie die Produzenten des Stückes befunden hatten, den sie aber doch teilweise hatten wiedergeben wollen: »Ein Monument (…)!« *(Le Figaro)*.

So stand es da, in Großbuchstaben, auf dem Plakat am Eingang des Theaters: »EIN MONUMENT (…)!« *(Le Figaro)*, und direkt darüber der Titel des Stückes, und noch darüber die Gesichter der beiden Schauspielerinnen, Lou und Tina, Rücken an Rücken, und ich weiß nicht, warum, aber ich war wie gebannt von Tinas Blick, Tinas Augen – Augen, die …

Die Ihr Freund in einem Gedicht thematisiert, sagte der Richter.

mein ständiges
wachsein
störendes
grübeln
stetiges
konzert
meiner nächte:
unerhörtes grün
deiner augen
(und es sind zwei, kaum zu glauben)

Kein Zweifel, sagte ich, das sind Tinas Augen, sie sind grün, es sind zwei, kein Zweifel. Augen von einem Grün … mein Gott. Ein ihren Augen eigenes Grün: tinagrüne Augen. Amazonien vom Himmel aus betrachtet, sagte Vasco, mit einem Schuss Blau: Die Iris hat die Kraft der Brandung; alles ist Dröhnen, Grollen, beständiger Tumult, in dem die Pupille versinkt wie ein vom Sturm entmastetes Schiff. Und auch auf dem Plakat waren sie grün, die Augen, aber von blassem Grün, einem verwaschenen Grün nach dem Regen; der Anflug eines Lächelns, ein eckiges, leicht vorstehendes Kinn; ein falscher Schnurrbart bedeckte das halbe Gesicht.

Und ich hätte ihm auch noch sagen können, dem Richter, wie es mir gelungen war, über den Produzenten ihres Stückes, den ich mehr oder weniger kannte, Kontakt mit ihr zu knüpfen, wie sie und ich Freunde geworden waren, ja, ich hätte ihm von der innigen Vertrautheit erzählen können, die mich seitdem mit Tina verband (ich behaupte nicht, dass ich anfangs nicht Lust gehabt hätte, mit ihr zu schlafen, auch sie hatte einige Zeit daran gedacht, oder sagen wir, die Idee war ihr gekommen, und auch wenn sie nie etwas in dieser Richtung angedeutet hat, mag ich die Vorstellung, dass es so war, aber sie hatte keinerlei Absicht, Edgar untreu zu sein – und das versteht sich von selbst, das war vor Vasco. Und dann ist unsere Lust vergangen, es war uns gelungen, das Begehren zu sublimieren, den Eros zu spalten und nur seine spirituelle Dimension zu bewahren – umso besser: Unsere Freundschaft war wichtiger als eine kurze Vereinigung zweier Leiber, in gewisser Weise war sie bereits Liebe, und vielleicht ist Freundschaft ja das: eine unvollendete Form der Liebe).

Das alles hätte ich ihm sagen können, aber das war nicht das Thema. Das Thema war, dass wir es uns zur Gewohnheit gemacht hatten, uns einmal die Woche zu sehen, am Donnerstagnachmittag – das war der spielfreie Tag am Theater. Wir trafen uns im Hotel Particulier, das den doppelten Vorteil hatte, nur einen Katzensprung von mir zu Hause weg zu sein und nicht allzu weit von ihr: So musste ich nie lange auf sie warten. Sie sagte, sie leide seit ein paar Jahren an einer Krankheit, von der sie glaubte, sie sei irreversibel: Sie vergaß, die *Zeit für den Weg* einzuberechnen. Sie brach erst in dem Moment von zu Hause auf, wenn sie erwartet wurde, als könnte sie sich mit einem Fingerschnips am Ort der Verabredung einfinden, wo sie im Allgemeinen mit einer Viertelstunde Verspätung eintraf, manchmal mehr, niemals weniger – sie verpasste Züge, sie kränkte Leute, das ist eben so, mein Lieber, daran musst du dich gewöhnen, sagte Tina. Als ich ihr an einem Donnerstagnachmittag sagte, ich würde am Samstagabend Freunde zum Essen empfangen, darunter sei dieser Vasco, den ich ihr vorstellen wollte, und sie mir sagte, *Ich werde versuchen, vorbeizukommen* (sie hatte bereits eine Verabredung), da schien es mir ganz natürlich, dass man an diesem Abend nicht allzu sehr mit ihrer Anwesenheit unter uns rechnen durfte.

4

Vasco liebte nur Brünette oder Blonde, doch Tinas Haar ging ins Rötliche – Rotbraun mit einem Mahagonischimmer. Tina liebte nur Männer mit grünen Augen, doch die von Vasco waren blau, mit einem Stich ins Braune. Sie war überhaupt nicht sein Typ, er war nie der ihre gewesen. Sie hatten nichts, um sich zu gefallen; doch sie gefielen sich, liebten sich, litten, sich geliebt zu haben, entliebten sich, litten, sich entliebt zu haben, fanden sich wieder und verließen sich endgültig – aber greifen wir nicht vor.

Es hatte nicht lange gedauert, danach, nach seiner Begegnung mit ihr, bis Vasco mich mit Fragen bestürmte. Er wollte alles über Tina wissen, ein bisschen wie Sie, sagte ich, der Sie alles über Vasco wissen wollen. Denn schließlich war sie gekommen. Mit Verspätung, wie gewohnt, aber sie war gekommen. Wir saßen beim Dessert, Vasco plauderte mit Malone, seinem Anwalt – der zu diesem Zeitpunkt nicht *sein* Anwalt war, sondern *ein* Anwalt, mit dem wir befreundet waren – über Bowling. Ich hörte ihnen mit einem Ohr zu, ich hörte zu, wie ihm Vasco vom einzigen Mal in seinem Leben erzählte, dass er Bowling gespielt hatte, das war an einem Mittwochabend in Joinville-le-Pont, ein Albtraum, sagte Vasco, er erinnerte sich noch an seine Kugel, die jedes zweite Mal in den Rinnen neben der Bahn landete, an Kegel, die aufrecht stehen blieben wie eine Armee von Zwergsoldaten, im Begriff, sich auf ihn zu stürzen, und an die kränkende Null, die auf der Anzeigetafel erschien. Ich habe demütigende Stunden auf der Bowlingbahn von Joinville-le-Pont durchlebt, sagte Vasco, als es klopfte. Es war Tina.

Ein Strauß Osterglocken, den sie in den Händen hielt, verbarg ihr Gesicht, aber ich konnte auf beiden Seiten des Straußes ihr Haar und ihre Ohrringe sehen, riesige Ohrringe, verziert mit Hortensienblüten, die sie einer andalusischen Prinzessin ähneln ließen – der Vorstellung, die sich Vasco von einer andalusischen Prinzessin machte, und tatsächlich würde er sie später so nennen, *meine andalusische Prinzessin*, würde er sagen. Hier, die sind für dich, sagte Tina; also stellte ich die Blumen in eine Vase, während sie sich für die Verspätung entschuldigte, sie kam von einer anderen Abendgesellschaft, sie hatte ein bisschen getrunken, hast du Champagner? Ich goss ihr ein Glas ein, sie stieß mit uns an, ich weiß nicht mehr, worüber wir sprachen, ich erinnere mich, dass wir ihr zuhörten, ohne etwas zu sagen, vor allem Vasco schien fasziniert: Er sah sie mit einem etwas dümmlichen Lächeln an, direkt in die Augen, als wollte er da leben, wo sein Blick hinging. *Je te promets* ertönte vom Plattenspieler, aber die Schallplatte war zerkratzt, und die Stimme von Johnny blieb am Wort *couche* von *Je te promets le ciel au-dessus de ta couche* hängen – *couche*, *couche*, *couche*, stotterte Johnny, da stand Tina auf, nahm die Nadel von der Platte, und da es keine Musik mehr gab …

Begann sie zu singen, sagte der Richter.
Mist, sagte ich. Woher wissen Sie das?
Da. Lesen Sie.

> Wer könnte ihr denn je das Wasser reichen?
> Wo sie auch ist, beginnt die Welt zu blinken!
> Wie denn vor ihr nicht auf die Knie sinken
> Und erbleichen?
>
> Habt ihr schon mal gesehen, wie sie schmollt?
> Ach schaut doch nur die schönen weichen Wangen
> Darin zwei hübsche Grübchen lustig prangen
> Ganz ungewollt.
>
> Und Augen, sag ich euch! Ihr glaubt es nicht
> Die Augen lodern, dass die Sterne weichen
> Sie wollen nicht der weißen Kerze gleichen
> Dem Kirchenlicht.
>
> Und wenn die Plattennadel einmal springt
> So lasst die Stimmung euch dann bloß nicht trüben
> Weil Tina einfach, ohne je zu üben
> Lauthals singt.

Sie stand neben dem Plattenspieler, auf dem keine Platte mehr spielte, und setzte das Lied da fort, wo Johnnys Stimme hängen geblieben war. Sie sang *Je te promets* a cappella, mit geschlossenen Augen, eine Hand vor dem Mund, als hielte sie ein Mikro. Und während sie uns glühende Stunden und heiße Sekunden im Rhythmus der Hüftschwünge und manche Luftsprünge versprach, klopfte sie mit dem

Fuß den Takt, zitterte ihre Hand, rannen ihr Tränen über die Wangen, sie sang, als stünde sie auf der Bühne, im Olympia oder in Bercy, mit dem Tremolo eines Tenors in der Stimme und einer Leidenschaft, die ich bis zum heutigen Tage bei *keinem* Interpreten je wieder erlebt habe, es war ebenso jämmerlich wie herzzerreißend, rührend, mit welcher Inbrunst sie sang, denn Tina sang falsch, ohne jeden Rhythmus, ohne jede Harmonie, immer eine Oktave zu hoch, niemals im richtigen Ton. Total daneben, aber wie!

Als sie mit Singen fertig war, verbeugte sie sich, bevor sie ein weiteres Glas Champagner runterkippte, dann sagte sie, ich verlasse euch, ich muss los, und sie küsste uns alle mit übertriebener Herzlichkeit, als wären wir ihre Familie, die einzige Familie, die sie auf der Welt hatte, und für Vasco war dieser Kuss wie ein Uppercut, gefolgt von einem Haken. K. o., so ließ Tina ihn zurück, so schlimm, dass er seine Jacke vergaß, als er nach Hause ging, und ich höre noch, wie er am nächsten Morgen schon um acht Uhr an meine Tür klopfte, dagegen trommelte wie ein Wilder, unter dem Vorwand, ich ließe ihn warten – ich war verkatert und in einem Zustand, den ich als ziemlich erbärmlich bezeichnen muss. Ich hatte erst über die Möglichkeit nachdenken müssen, ob ich mich aus dem Bett quälen, eine Unterhose anziehen, durchs Zimmer gehen und die Tür aufschließen sollte, dann hatte ich vor, ihm dringend zu raten, er solle sich vom Acker machen, man reiße die Leute doch nicht am Sonntag aus dem Bett, aber ich überlegte es mir anders: Er hatte Croissants mitgebracht.

Alles, sagte er. Ich hatte keine Zeit, den Mund aufzumachen, da sagte er schon, ich will ALLES von ihr wissen, woher sie kommt, wo sie lebt, mit wem, seit wann, was sie macht und vor allem, wie ich sie wiedersehen kann. Leg los. Ich höre.

Natürlich hatte er schon im Internet recherchiert, hatte alles erfahren, was Google ihm verraten konnte, das heißt nicht viel, den Teil ihrer selbst, den sie offenbaren wollte, das Persönliche ohne das Belanglose und ohne die Geheimnisse, so viel und so wenig: Google wusste zum Beispiel nicht, dass sie sich an das Motto hielt, morgens wie ein König, mittags wie ein Prinz und abends wie ein Bettler zu essen, nein, Google wusste nicht, dass sie abends nur eine Kleinigkeit zu sich nahm, eine Suppe, einen Apfel, einen Apfelkern, dass sie aber wie ein Vielfraß frühstückte, denn Tina verspeiste pantagruelische Frühstücke, ich habe sie alles, absolut alles frühstücken sehen, alles außer Butterbrot, sie hasste Butter, und auch davon hatte Google keine Ahnung; und Google wusste nicht, dass Tina zwischen zwei Zwiebäcken, zwei Joghurt, zwei weichen Eiern und zwei Tassen Kaffee schon am Morgen immer zwei Gedichte rezitierte, eins von Verlaine, eins von Rimbaud: Nichts liebte sie so sehr wie die Poesie von Verlaine und Rimbaud.

Bingo, sagte Vasco. Ich hab ihn.

Den Vorwand, um Tina wiederzusehen.

Der Richter hatte die Gutachten gelesen, sie lagen da, auf seinem Schreibtisch, in einer dicken blauen Akte, darauf mit schwarzem Filzstift und unterstrichen: Sache V. Ascot.

V. stand für seinen Vornamen, Vincent. Ascot war sein Nachname. V. Ascot: Vasco. Alle nannten ihn so: seine Freunde, seine Kollegen, Tina, ich – alle. Außer Edgar. Und außer dem Richter. Edgar sagte: Hurensohn. Oder, wenn er ein Prädikat hinzufügen wollte, Adel verpflichtet, Hurensohn von Vasco. Der Richter wiederum sagte Monsieur Ascot. Oder der Beschuldigte, da Monsieur Ascot beschuldigt wurde. Oder Ihr Freund, da der Beschuldigte mein Freund war. Und von meinem Freund gab es in dieser Akte so einiges, angefangen mit dem Lebenslauf: In Vascos Lebenslauf gab es ein halbherziges Studium, ein bisschen Geschichte, ein bisschen Jura, dann die Begegnung mit einem Bibliophilen, der ihn mit seiner Leidenschaft für seltene Bücher ansteckte, und dann das Praktikum an der Französischen Nationalbibliothek und jenen Nachmittag, der *über seine Berufung entschieden* hatte: Er hatte das Manuskript von Victor Hugos *Contemplations* in den Händen gehalten, und wenn er darüber sprach, zitierte Vasco vor allem dieses Gedicht, das berühmteste der Sammlung, vielleicht auch das berühmteste der französischen Dichtung, das kleine Gedicht in drei Quartetten und in Alexandrinern, das keinen Titel hat und so beginnt: »Wenn morgens fahle Sonne frühe Gärten bleicht …« Vasco kannte es auswendig, dieses Gedicht, wie tausend Schüler vor ihm hatte er es mit eintöniger Stimme runtergeleiert, es erzählt von einem Vater, der morgens an das Grab seiner Tochter gehen will, um dort »den Strauß aus Palmengrün und Heidekraut in Blüte« abzulegen. Erst beim Lesen des Manuskripts der *Contemplations* hatte Vasco erfahren, dass Hugo zunächst daran gedacht hatte, in diesem Gedicht »den Zweig von Palmengrün und blühenden Salbei« auf das Grab zu legen. Er hatte gelesen: »Und bin ich dort, breit ich auf deines Grabes Stein / den Zweig von Palmengrün und blühenden Salbei«, und hatte gesehen, dass dieser letzte Vers durchgestrichen und durch »den Strauß aus Palmengrün und Heidekraut in Blüte« ersetzt worden war, und es war, als sähe er Vater Hugo vor sich und sähe, wie er die Feder ablegt, sich über den Bart streicht und plötzlich die Meinung ändert, plötzlich die Idee des Zweiges verwirft und ihn durch einen Strauß aus Palmzweigen und Heidekraut ersetzt, wohlklingender, richtiger – und ebendies hatte ihn sogleich am Umgang mit Manuskripten fasziniert: der direkte und persönliche Kontakt mit dem entstehenden Werk, ihre Fähigkeit, das Denken *sehen* zu lassen.

Nach diesem Praktikum musste er noch eine Schule besuchen und eine Prüfung bestehen, die École des chartes und die Prüfung als Bibliothekskonservator. Er hatte die eine absolviert, die andere bestanden und sich dann an der Bibliothèque nationale de France, der guten alten BnF beworben – wo man ihn eingestellt hatte. All das, was vielleicht helfen konnte, Vascos *Persönlichkeit zu erfassen*, die Gründe für seine Tat zu erklären, all das war in der blauen Akte auf dem Schreibtisch des Richters, und ich saß vor ihm und dachte, dass trotz aller Experten in dieser Akte etwas Wesentliches fehlte – wesentlich in meinen Augen: wie Vasco und ich uns kennengelernt hatten.

Das war fünf Jahre zuvor gewesen, ich recherchierte für einen Roman, den ich schreiben wollte, und war in die BnF gekommen, um ein altes Werk zu konsultieren, von dem ich dachte, ich würde es brauchen, was sich aber schließlich als unnötig erweisen sollte, weil ich diesen Roman nie geschrieben habe. Vasco saß im Lesesaal für seltene Bücher, wir waren an jenem Tag allein, und er hatte mir irgendwann erklärt, worin sein Beruf des Bibliothekars bestand, nämlich zwei radikal antagonistische Missionen zu erfüllen: die Sammlungen zu bewahren, also nicht zu zeigen, und sie zur Geltung zu bringen, also zu zeigen. Es gibt nichts Schizophreneres.

Das Gespräch ging weiter, erst in der BnF, wo wir ausschließlich über Literatur sprachen, dann außerhalb der BnF, in einem Café bei ihm um die Ecke, das heißt ganz bei mir in der Nähe, wo wir die Zuneigung ausbauten, die wir füreinander empfanden – so sehr, dass er recht schnell zu einem meiner engsten Freunde wurde. Ich sah ihn zwar nur noch in Montmartre, kam aber gelegentlich im Saal Y vorbei, dem für seltene Bücher, wo er schon seit einigen Jahren seines Amtes waltete.

Was würdest du dazu sagen, die Originalausgaben von *Une saison en enfer* und den *Poèmes saturniens* zu sehen?

Das schrieb er Tina, er hatte ihre Nummer von mir verlangt.

Sie hatte Verlaine mit zwanzig entdeckt, in einer der Kneipen, die ihr als zweites Zuhause dienten. Sie mochte das fahle Licht, die Zapfhähne und den Flipper in einer Ecke, neben den Klos; sie mochte die Gesellschaft der Trinker, deren Zukunft auf den Bierdeckeln und Rubbellosen geschrieben steht, für die das Schnäpschen das Leben erträglich macht. Ein Exemplar der *Poèmes saturniens* lag auf der roten Kunstlederbank; sie hatte angefangen zu lesen; sie hatte angefangen zu weinen. Die Tränen strömten ihr über die Wangen: Sie hatte in Verlaine ihresgleichen gefunden, einen Bruder, jemanden, der wie sie der Realität entkommen wollte, der erbärmlichen Realität, die von der Fiktion der Trunkenheit angefochten wird, der wie sie ein weites und wie das ihre verwüstetes Herz hatte, der wie sie am Rand des Abgrunds getanzt hatte, hineingestürzt war, aber mit leuchtenden Versen zurückgekehrt war, erfüllt von *riesigen Sonnen, die sinken ins Meer*. Von Verlaine war sie auf Rimbaud gekommen, sie hatte zuerst die Jugendgedichte gelesen, dann die *Illuminations*, dann den kleinen düsteren und wütenden Text, den sie vertraulich *die Saison* nannte.

Es hat etwas Wohliges, sich von Worten einhüllen zu lassen: Die Dichtung hatte sie zum Roman geführt, der Roman zum Theater, das Theater zu Kursen in Schauspielkunst, zur ersten Anmeldung für die Aufnahmeprüfung am Conservatoire, zum Scheitern, zur erneuten Anmeldung, zum erneuten Scheitern, tausendfünfhundert Bewerber für dreißig Plätze, das war Verdun, die Dardanellen, schlimmer als das erste Jahr Medizin, ein Gemetzel, bei ihrem dritten und letzten Versuch liefen das erste und das zweite Vorsprechen gut, aber nicht das dritte, nicht die Szene in Versen, zur Hälfte verkackt, dieser beschissene Corneille, aber nein, am Ende besteht sie die Prüfung, und mit dem seltsamen Gefühl, dort ihre Pflicht gegenüber dem Leben zu erfüllen, geht sie ans Conservatoire; und seitdem sie es verlassen hatte, maß sich ihr ganzes Leben am Theater, *im* Theater, darin bestand ihr Leben, ihren Text lernen und ihn vor dem Publikum sprechen, das gehörte zusammen und das war notwendig, wie einatmen, ausatmen; um sie zu beruhigen, gab es nichts anderes als die drei Schläge, bevor sich der Vorhang hebt, oder die Lektüre der Gedichte von Verlaine und Rimbaud – unschätzbare Wegzehrung –, die sie nicht einmal mehr lesen musste, sie kannte ihre Gedichte, sie konnte sie aus dem Gedächtnis hersagen, vielleicht nicht alle, aber die meisten, und nicht nur die bekanntesten, nicht nur *Chanson d'automne* oder *Sensation*, und wenn man sich wunderte, dass sie sie mit solcher Leidenschaft sprach, berührte sie nur ihre Brust und sagte: Ich kann nichts dafür, da gehen sie rein.

Ich würde JA sagen, hat Tina ganz nüchtern auf Vascos SMS geantwortet.

5

Ja hatte sie auch zu Edgar gesagt, als er sie fragte, ob sie seine Frau werden wolle.

Und als der Richter mich bat, ihm von Edgar Barzac zu erzählen, als er sagte, der Ehemann, kannten Sie ihn, den Ehemann, hatten Sie ihn schon gesehen, habe ich gesagt, nur einmal, bei einem Essen bei ihm – bei ihnen, habe ich mich korrigiert. Bei Edgar und Tina.

Und natürlich hätte ich damit anfangen können, ihm Edgar zu beschreiben, hätte ich damit anfangen können, ihm zu sagen, dass er schon weit in den Dreißigern war, ein eckiges Kinn hatte, ebenfalls grüne Augen, blondes, sehr blondes Haar, und dass er mindestens einen Meter neunzig groß war. Was sonst noch? Man sah ihn nie ohne seine Daunenweste. Nie. Er war in der Provence aufgewachsen, in einer Bastide, in der seine Eltern immer noch lebten. *Die* Bastide. Die der Hochzeit: riesiges Landhaus aus Naturstein inmitten von Zypressen und Olivenbäumen. Das Ganze seit Ewigkeiten in der Familie, sehr bourgeois und sehr katholisch, die Familie. Auch ein bisschen knauserig: Um zu sparen, verzichtete man im Winter darauf, alle Zimmer des Hauses zu heizen. Edgar hatte davon eine übertriebene Empfindlichkeit für Kälte bewahrt. Deshalb trug er über seinem Jackett eine Daunensteppweste aus marineblauem Nylon, und das war das Erste, was mir aufgefallen ist, als ich ihn zum ersten Mal gesehen habe.

Die Daunenweste, habe ich gesagt. Man sah ihn nie ohne seine Daunenweste. Er wusste, dass er gut aussah in seiner Daunenweste, *trotz* seiner Daunenweste, und so nannte ihn Vasco übrigens auch, metonymisch, er sagte nicht Edgar, er sagte nicht Barzac, er sagte: die Weste. Die Weste ist sauer, die Weste will meinen Tod. Und trotzdem, trotz der Daunenweste besaß er jene natürliche Eleganz, jene lässige Anmut, die die Italiener *sprezzatura* nennen – eine Raffinesse ohne jede Prahlerei, man hat sie oder man hat sie nicht: Edgar hatte sie (Vasco nicht). Und dann war er wie ein Athlet gebaut, also Edgar: Die Schultern breit, Oberkörper und Arme muskulös, wie aus Marmor gehauen, und als ich ihn neben Tina sah, als ich sie nebeneinander auf der Wohnzimmercouch sitzen sah, dachte ich, dass es nicht unerfreulich, wirklich nicht unerfreulich sein müsste, die beiden vögeln zu sehen.

Damals vögelte vor allem Vasco mit Tina, aber Edgar wusste nichts davon, und es war mir unangenehm, als er, also Edgar, mir, der ich alles wusste, später am Abend erzählte, wie er sie kennengelernt hatte.

Das war zu der Zeit gewesen, als Tina nicht mehr Theater spielte. Vom Theater wollte sie nichts mehr hören. Seit *Cyrano*. Seit ein ziemlich bekannter Regisseur ihr die Rolle der Roxane angeboten hatte – ihre *erste* Hauptrolle! –, sie zunächst fan-tas-tisch gefunden hatte, wie er sagte, so fantastisch, dass er sie unter dem Vorwand, über das Stück sprechen zu wollen, zum Abendessen eingeladen hatte. Ein Abendessen, nach dem er ihr Avancen gemacht und sich eine Abfuhr geholt hatte. Eine Abfuhr, nach der er sie plötzlich weniger fantastisch fand, irgendwas stimmte nicht mehr in ihrer Spielweise, vielleicht war sie nicht die Roxane, die er suchte, und übrigens war er gar nicht mehr sicher, ob sie der Rolle genügen würde. Gut, sagte sich Tina, dann erbe ich eine Nebenrolle, wieder mal, aber nein, keine Nebenrolle, die Nebenrollen sind alle vergeben, nicht mal eine Statistenrolle, es gibt keine mehr. Der Regisseur bietet ihr an, ein Baum zu sein.

Kennen Sie sich mit Theater aus? Auch wer keine Ahnung vom Theater hat, auch wer nie einen Fuß hineingesetzt hat, kennt *Cyrano*. Wenigstens in groben Zügen. Die Nase, der Nasenmonolog, die Balkonszene … 3. Akt, 7. Szene: Cyrano flüstert Christian seine Liebesworte ein, Roxane vergeht schier auf ihrem Balkon, sehen Sie das vor sich? Er sah es, der Richter. Er sah es genau vor sich. Den Baum unter dem Balkon wollte dieser Regisseur sie spielen lassen. Er wollte, dass der Kostümbildner ihr Äste an den Armen befestigt und sie die festhält. Ein Teil des Bühnenbildes. Drei Jahre Conservatoire, und man wollte sie zur Bühnendekoration machen. Einer kostspieligen, man hätte sie besser verwenden, ihr zum Beispiel ein bisschen Text geben können, aber nein, man verlangte von ihr, auf die Bühne zu kommen und die Arme auszustrecken. Ich hau ab, sagte Tina. Ihr könnt mich mit euren Ästen, ich hau ab. Schluss mit dem Theater. Jetzt verkauft sie Bücher.

Aber gehen wir noch ein Stück zurück.

In die *baskischen Jahre*, nach Biarritz: Tina, die noch Albertine heißt, ist gerade achtzehn geworden, sie hat ein ordentliches Abitur geschafft, mit einer glänzenden 18 in Französisch; es ist Sommer, sie weiß nicht so recht, was sie im Herbst anfangen soll, sie schwankt zwischen Literaturstudium und Herumgammeln, manche sagen, das sei ungefähr das Gleiche. Sie weiß nur, dass sie wegwill, dass sie in Paris leben will. Sie hat einen kleinen Rollkoffer, einen Eastpak-Rucksack, der ihr bis zum Po hängt, das Leben vor sich und die Stadt zu ihren Füßen – sechs Etagen ohne Fahrstuhl *unter* ihren Füßen. Sie hat ein Apartment in Barbès gefunden, dem Eigentümer gehört auch der Kebabladen, der auch ein Friseursalon ist, er nennt seine Kunden *Chef*, die Kunden sagen: schön kurz hinter den Ohren, mit scharfer Soße. Sie ändert den Vornamen: Sie will, dass man sie nicht mehr Albertine nennt, ein Name wie erfunden für anzügliche Reime auf dem Schulhof. Albertine wird Tina, Tina entdeckt das Theater, fünf Jahre vergehen, sie macht Schluss mit dem Theater. Sie fragt sich, was sie wohl aus ihrem Leben machen wird: Wenn es nach ihr ginge, würde sie es mit Lesen, Vögeln und Trinken verbringen. Sie will weder lieben noch geliebt werden, aber so viel wie möglich vögeln, Lust erleben, Lust verschaffen, sich die genossene Lust verzeihen, indem sie sich den Satz von Baudelaire wiederholt – »Doch was schert die Ewigkeit der Verdammnis den, der eine Sekunde lang die Unendlichkeit der Lust gekostet hat?« –, denn sie findet im Orgasmus ein Ventil und einen Aufschub, das vorübergehende Verschwinden der täglichen Bürde, die *das Handwerk des Lebens* mit sich bringt.

Sie lernt einen Bouquinisten kennen, freundet sich mit ihm an. Er erzählt ihr von den Vorteilen seines Jobs – freie Arbeitszeit, die ganze Welt kommt vorbei, das Büro unter freiem Himmel und unten fließt die Seine; er verschweigt die Unannehmlichkeiten, erzählt ihr, dass Plätze frei werden. Bewirb dich, sagt er. Sie steht vor dem Pariser Rathaus Schlange, unter dem Arm eine Hülle, in der Hülle einen Lebenslauf, ein Bewerbungsschreiben, Fotokopien aller Art; es sind ungefähr zwanzig Plätze zu vergeben für mehr als hundert Bewerber. Sie wird nicht genommen. Der Bouquinist schlägt ihr vor, *Standöffnerin* zu werden: Drei Tage in der Woche vertritt sie ihn, für zwanzig Prozent der Einnahmen; jetzt steht sie von Freitag bis Sonntag am Quai des Grands-Augustins vor den flaschengrünen Ständen.

Und dann kommt eines Tages Edgar vorbei. Es ist ein Februarabend, er ist gerade die Seine entlanggejoggt, jetzt dehnt er vor Tinas Stand. Es ist kalt; er sieht, wie sie zittert; er zieht seine Daunenweste aus. Da, ziehen Sie das an, sagt Edgar und legt sie ihr um die Schultern; sie wirkt hilflos; sie sagt kein Wort, doch Tränen sind beredt, wo Lippen schweigen: Was die Lippen verschweigen, sagen die Augen; Tina fängt an zu weinen. Sie weint in Edgars Armen, weil sie es nicht mehr aushält, sie selbst zu sein, sie hat das Gefühl, auf einem schmalen Grat zu tanzen, am Rand des Abgrunds; in seinen Armen ist sie nur noch ein vor Tränen hampelnder Hampelmann und wiederholt mit schmerzhafter Feierlichkeit, sie sei müde, nur müde. In dieser Nacht schlafen sie miteinander, und zum ersten Mal seit langem fühlt sich Tina besänftigt.

Seit ihrer Kindheit hat immer ein großer Hirsch tief in ihr geröhrt, ein Sechzehnender, dessen Geweih ihr Innerstes verwüstete. Seit Edgar in ihrem Leben ist, ist der Hirsch immer noch da, aber wie zusammengekauert, und vor allem ohne Geweih, als hätte Edgar bewirkt, dass er es abwirft. Sie schläft zwei, drei Tage in der Woche bei ihm, dann fünf oder sechs, und nachdem ihr Edgar ein so überzeugendes Bild von den Segnungen des Ehelebens entworfen hat, sprechen sie von Zusammenziehen. Sie kündigt ihren Mietvertrag, packt ihre Kisten – es sind zehn, zehn Kisten, sagt sie sich, da passt also meine Vergangenheit rein. Auf die Rückseite einer Packung OCB-Zigarettenblättchen schreibt sie ihren Namen, angefügt an den von Edgar, ihre beiden Namen nebeneinander, nur von dem eleganten Et-Zeichen getrennt, Edgar & Tina, Edgar & Tina, Edgar & Tina, trällert sie und klebt das Stück Pappe auf den *gemeinsamen* Briefkasten. Sie fängt wieder beim Theater an; die Jahre vergehen; sie wird schwanger. Sie ist im Begriff, *eine Familie zu gründen*. Was für ein Chaos, so eine Familie, dachte Tina: Man muss unter demselben Dach, auf beschränktem Raum Leute zusammenleben lassen, die meistens weder das gleiche Alter noch die gleichen Interessen, noch die gleichen Bestrebungen, noch den gleichen Charakter haben, die manchmal radikal gegensätzliche Charaktere, radikal unterschiedliche Empfindlichkeiten haben, so unterschiedlich, dass man kaum miteinander spricht oder miteinander spricht, ohne sich zu verstehen, man versteht vor allem, dass man sich eigentlich nicht viel zu sagen hat, es ist, als käme man aus unterschiedlichen Kulturen und teilte nicht dieselbe Sprache, und trotz alledem muss man das alles zusammenhalten, gegenüber allem und allen, man weiß nicht recht, wie, sie jedenfalls hatte nicht die geringste Ahnung; was für ein Chaos, so eine Familie, wiederholte Tina, und dann auch noch Mutter sein, was für eine Plage.

Bevor sie schwanger wurde, sagte sie: Eine Frau, die sterben will, bringt sich nicht um, sie wird Mutter; und wenn sie eine Geburtsanzeige geschickt bekam, schickte sie ein Beileidsschreiben. Sie zögert, schwankt, ob sie es behalten will, macht einen ersten Ultraschall, es sind zwei; und ohne nachzudenken, ohne auch nur den Bruchteil einer Sekunde zu zögern, sagt sie: Die behalten wir. Und am ersten Geburtstag der Zwillinge, auf den Tag genau ein Jahr nach der Geburt von Arthur und Paul, kniet Edgar nieder, holt einen Ring aus Weißgold mit einem Saphir aus der Tasche und fragt sie, ob sie seine Frau werden will – die Hochzeit muss in der Kirche stattfinden, ergänzt Edgar: Meine Mutter besteht darauf, und du weißt ja, wie sie ist.

Und an jenem Abend, dem Abend, an dem sie mich zum Essen eingeladen hatte, dem Abend, an dem mir Edgar erzählte, wie er sie kennengelernt hatte, habe ich Tina gefragt, ob sie an Gott glaube.

Siehst du den Champagner? Dieser Champagner, sagte Tina, während sie auf das Glas Ruinart zeigte, das vor ihr stand, ist das Universum, und die Bläschen, die aufsteigen, das sind die Planeten. Wir leben auf einem dieser Bläschen, und einige von uns auf diesem Bläschen sehen den Sommelier, der uns den Champagner eingießt, oder glauben, sie hätten ihn gesehen, oder hoffen, ihn zu sehen. Und dann ergänzte sie noch: Ich selbst habe den Sommelier nie gesehen, ich bin nicht scharf darauf, ihn zu sehen, und den Champagner, den trink ich. Immerhin hatte sie eingewilligt, in der Kirche zu heiraten.

6

Großes Magazin
Wir beide, zugeknöpft erst
(Dann du auf dem Tisch)

Neunundsiebzig, sagte Vasco und zeigte auf die Türme der BnF: Die sind neunundsiebzig Meter hoch. Und da Tina schwieg, überhäufte Vasco sie weiter mit Zahlen: Jedes Jahr empfängt die BnF mehr als eine Million Besucher, sie verfügt über viertausend Lesesaalplätze, einundachtzig Fahrstühle, davon vier seit drei Tagen außer Betrieb, sechzehn Rolltreppen und sechshundertfünfzig Toiletten. Außerdem gibt es acht Kilometer Schienen, die den Transport von Tausenden von Dokumenten aus den Magazinen in die Lesesäle ermöglichen. Aber das ist noch nicht alles. Hunderteinunddreißig Lüftungsanlagen, tausenddreihundert Gebläsekonvektoren und sechshundertachtundfünfzig Überdruck- und Unterdruckventilatoren erneuern unaufhörlich die Luft; gereinigt erreicht sie Magazine, Büros und Lesesäle: Die Luft, die man in der BnF atmet, ist besser als die auf den Almen im Gebirge. Im Falle einer Epidemie sollte man hier Zuflucht suchen.

Zwei Tage nach Vascos SMS hatten sie sich am Ufer der

Seine auf der riesigen Esplanade der BnF getroffen, zu Füßen der vier Ecktürme, die dort wie vier aufgeschlagene Bücher stehen, und hatten schweigend das Laubdach im Innenhof unter ihnen betrachtet, die Bäume, von denen sie nur die Kronen sahen, beide stumm, schüchtern, *zugeknöpft*, sagte mir Vasco, als hätten sie in ihrem Inneren die Vorahnung dessen gehabt, was geschehen würde, als hätten sie gewusst, dass sich dort unwiderrufliche Sekunden abspielen würden und dass es jetzt noch möglich gewesen wäre, den Rückwärtsgang einzulegen, den erbarmungslosen Mechanismus aufzuhalten, den man schulmeisterlich *fatum*, weniger schulmeisterlich Schicksal nennt, dessen *Launen zu durchkreuzen*, dann aber hätte Tina ihn bitten müssen, sie freundlichst zu entschuldigen, noch besser hätte sie sich in keiner Form entschuldigt und wäre sofort wieder gegangen, wäre rückwärts die Stufen runtergelaufen, die sie gerade heraufgekommen war, wäre zur Metro gerannt, aus der sie gerade gekommen war, wäre wieder eingestiegen, diesmal aber in die andere Richtung, die 14 bis Saint-Lazare, dann die 3, wäre Malesherbes ausgestiegen und nach Hause gegangen. Den Film rückwärtslaufen lassen, genau, das hätte man tun müssen, oder es hätte ein Stummfilm sein müssen, aber Tina hat sich nicht gerührt – und Vasco hat angefangen zu reden.

Und wenn sie später, sehr viel später, an dieses erste Tête-à-Tête zurückdenken und sich gemeinsam Vascos Monolog in Erinnerung rufen würden, diesen *Urmonolog*, würden sie später sagen, so wie man es von der Sünde sagt, würde Tina ihm anvertrauen, dass sie in diesem Moment gedacht habe, okay, er hat großartige Lungen, aber der Typ ist öde wie ein Regentag. Und nackt in den zerwühlten Laken eines Hotelzimmers würden sie über ihre Verlegenheit lachen, über Tinas verlegenes Lachen auf der Esplanade der BnF, denn tatsächlich hatte Tina gelacht, ein nervöses Lachen, das sie zu unterdrücken versucht hatte, aber sie war unfähig, ihren Lachanfall zu beherrschen. In diesem Moment bereute sie es, dass sie zu der Verabredung gekommen war, innerlich suchte sie nach einem Vorwand, um sich zu verdrücken, Pech für Verlaine, Pech für Rimbaud, aber da sie keinen fand, sagte sie sich, verdammt, das wird lang, sehr lang – und war meilenweit davon entfernt, sich vorzustellen, dass der Typ, der Langweiler, der sie mit Zahlen nervte, eine Stunde später zwischen ihren Schenkeln knien würde.

Also sind sie reingegangen. Zunächst musste man die Hosentaschen leeren, die Tasche öffnen, durch die Sicherheitsschleuse gehen, ein bisschen wie hier, habe ich gesagt, und dann hat Tina ihre Sachen in der Garderobe abgeben müssen, man hat ihr ein Köfferchen aus durchsichtigem Plastik gegeben, in das sie einen Teil ihres Tascheninhalts geworfen hat, dann hat sie ihren Trench ausgezogen, sie trug nur noch enganliegende, ausgewaschene Jeans, die auf Höhe der Knie kunstvoll ausgefranst waren, einen Gürtel aus schwarzem Leder, genau wie ihre Stiefeletten, ein himmelblaues Hemd, das sie nur zu zwei Dritteln zugeknöpft hatte und das, hat mir Vasco gesagt, einen BH sehen ließ, dessen Weiß gräulich geworden war – der Reigen der Waschmaschinengänge hatte ihm seine erotische Dimension genommen.

Sie haben die Restaurierungswerkstatt durchquert, wo Tina die Chirurgen der BnF am Werk sah, wie sie Kanten, Kapitalbänder, Vorsatzblätter, Bünde, Rücken, Goldschnitt ganz unterschiedlicher Bücher reparierten; sie war fasziniert von der gewissenhaften Sorgfalt, die sie in ihre Arbeit legten, gefesselt von ihrer Geduld, ihrer Genauigkeit; Tina hielt sich lange bei jedem Werkzeug auf, das sie benutzten, und bei dem Leder, dem Leinen, dem Japanpapier und dem Leim, die sie verwendeten; es gab sehr viel Leim, sagte mir Tina, Klucel, den Vasco mal geschnüffelt hatte – er hatte ihr erzählt, wie er ihn sich unter die Nase gehalten, eingeatmet und dann zwanzig Minuten in sanfter Euphorie geschwebt hatte.

Danach mussten sie ein Drehkreuz durchqueren, schwere Türen aufdrücken, eine Rolltreppe hinunterfahren, ein weiteres Drehkreuz durchqueren, vor dem ein Wachmann stand, weitere Türen öffnen, weitere Rolltreppen nehmen, dann durch einen Gang auf Höhe des Gartengeschosses laufen und voilà, endlich war man da, im Saal Y – dem Sonderlesesaal für seltene Bücher. Dort standen Tische und auf den Tischen Einzellampen sowie samt- oder baumwollbezogene klappbare Halterungen, die sich zusammenrollen lassen und mit denen man ein Buch konsultieren kann, ohne den Einband zu beschädigen – man nennt sie Wippen, erklärte mir Vasco. Normalerweise, wenn Vasco sich an die Vorschriften gehalten hätte, wenn er dem Reglement gefolgt wäre, hätte er Tina im Lesesaal warten lassen und selbst das Originalexemplar der *Poèmes saturniens* holen müssen, das sich in einem Magazin befand, das heißt, in der Sprache der Bibliotheken, an einem für das Publikum nicht zugänglichen Aufbewahrungsort, an dem Tausende von Dokumenten gelagert werden, es in den Lesesaal bringen und auf eine Wippe legen müssen, um dann Tina nach Belieben darin blättern zu lassen; stattdessen führte er sie in einen Gang, an dessen Ende sich also ein Magazin befand, das nur einer Handvoll sorgfältig ausgewählter Bibliothekare zugänglich war, die einen elektronischen Badge besaßen, den sie jederzeit bei sich führen mussten und der ihnen Zugang zu einem rechteckigen Raum von etwa fünfzig Quadratmetern ohne weitere Tür oder Fenster gewährte, in dem nichts Geringeres als die Schätze der BnF aufbewahrt wurden. Dorthin, in das *Große Magazin*, hatte Vasco Tina führen wollen.

Am Ende des Raumes, gegenüber der Tür, die er sorgfältig hinter ihnen schloss, stand ein rechteckiger Kirschbaumtisch, nicht sehr breit, aber lang, etwas mehr als zwei Meter, und vor dem Tisch ein Stuhl, auf den sich zu setzen er sie aufforderte; und dreißig Sekunden später kam er mit einem dicken Buch mit Goldschnitt wieder, das er aus einem Schuber gezogen hatte. Er legte es auf den Tisch oder besser gesagt auf die granatrote Samtwippe, die bereits auf dem Tisch lag, und dann, als er es vorsichtig geöffnet hatte, sagte er nach langem Schweigen: Zwischen 1452 und 1455, einer Zeitspanne, die ein Kopistenmönch gebraucht hätte, um ein einziges Exemplar abzuschreiben, haben einhundertachtzig Bibelexemplare die Druckerpresse von Gutenberg in Mainz verlassen. Heute existieren davon noch neunundvierzig in der ganzen Welt, davon zwölf auf Velin. Von diesen zwölf sind nur vier vollständig. Die BnF besitzt eines: Hier liegt es, vor dir.

Als Tina mir am darauffolgenden Donnerstag das alles erzählte, als sie sagte, Vasco habe vor sie, vor ihre Augen die Gutenberg-Bibel gelegt, das allererste gedruckte Buch, *das* Juwel unter den Juwelen der BnF, von derart unschätzbarem Wert, dass man es niemandem zeigt, *quasi* niemandem, kurz, als Tina mir sagte, die habe sie in Händen gehalten und deren Seiten umgeblättert, sie habe mit eigenen Augen die Ligaturen, Abkürzungen, Kolumnentitel, Buchmalereien, lateinischen Frakturbuchstaben in zwei Spalten über vierzig Zeilen, steil wie die Bibliothekstürme von Tolbiac, gesehen und mit eigenen Augen den ersten Satz in roter Farbe gelesen, aber auch die mit der Feder zwischen den Zeilen und neben den Spalten angebrachten Korrekturen, und als sie sagte: *halt so eine alte Schwarte*, da wusste ich nicht, auf wen ich mehr böse war, auf Vasco, weil er für sie, die er kaum kannte, die Gutenberg-Bibel herausgeholt hatte – anstatt sie mir zu zeigen, der ich sein engster Freund war –, oder auf Tina, die dieses Privileg bekam und ganz offensichtlich nichts, aber auch gar nichts damit anfangen konnte.

Danach ist Vasco zwei Minuten weggegangen, um irgendwo noch eine Kleinigkeit zu holen, oh, nichts Besonderes, nur die korrigierten Fahnenabzüge der *Fleurs du mal.* Arschloch-Vasco, habe ich zu Tina gesagt, und meine Eifersucht auf sie wuchs, als sie auf ihrem gesprungenen iPhone-Display die Fotos vorbeiziehen ließ: die etwas liebedienerische Widmung »dem tadellosen Dichter«, das »Gut zum

Druck« mit der Unterschrift »Ch. Baudelaire«, seine Korrekturen mit schwarzer Tinte, das Komma, das der Drucker gestrichen und der Dichter wieder eingefügt hatte, und als ich das sah, war es, als hörte ich ihn schimpfen, als hörte ich seine Stimme, die man nicht kennt, wie sie die Worte spricht, die man kennt: »Ich lege absolut Wert auf dieses Komma«.

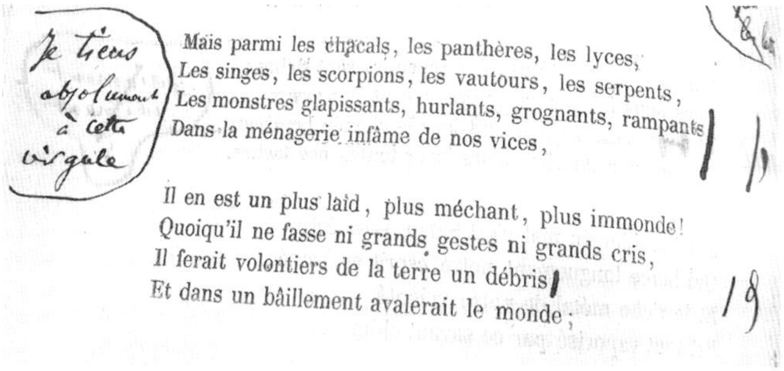
Je tiens absolument à cette virgule

Mais parmi les chacals, les panthères, les lyces,
Les singes, les scorpions, les vautours, les serpents,
Les monstres glapissants, hurlants, grognants, rampants
Dans la ménagerie infâme de nos vices,

Il en est un plus laid, plus méchant, plus immonde!
Quoiqu'il ne fasse ni grands gestes ni grands cris,
Il ferait volontiers de la terre un débris
Et dans un bâillement avalerait le monde;

Dann ist Vasco noch mal verschwunden und hat sie mit *Les fleurs du mal* allein gelassen, um kurz darauf mit der Originalausgabe von *Une saison en enfer* zurückzukehren. Als er sie auf den Tisch legte, streiften seine Finger die von Tina, und sie spürte ein gewaltiges Verlangen in sich aufsteigen, ein heftiges und plötzliches, durchdringendes Verlangen, sich der Lust hinzugeben, die ihren Bauch durchfuhr; nun war ihr Verlangen, Lust zu schenken, aber fast noch größer, als sie zu empfangen, sie zog ihre eigene Lust aus der, die sie bereitete, und Monate später sollte sie Vasco in jenem Hotelzimmer gestehen, dass sie nach diesem flüchtigen Kontakt, dieser leichten Berührung, Verlangen nach ihm verspürt hatte, sie sollte es ihm ungeschminkt sagen, ohne Umstände, sie würde ihm Sachen sagen, die von der schönen Sprache verpönt sind, ich hatte Lust auf dich, ich war so kurz davor, sollte Tina sagen und dabei Daumen und Zeigefinger fast aufeinanderlegen, dir den Gürtel aufzumachen, die Unterhose runterzureißen und dich in den Mund zu nehmen, ich hatte eine *unbändige Lust* auf deinen Schwanz, ihn mit meiner Zunge, zwischen den Lippen groß zu machen, dir einen runterzuholen, dir einen zu blasen, dich zu schlucken, ich wollte dich auf Knien anbeten, mein Liebster, all das sollte Tina ihm in jenem Hotelzimmer sagen, aber das habe ich dem Richter nicht gesagt, nein, ich habe mich damit begnügt, ihm zu berichten, dass sie nur noch zwei von der blinden Macht des Begehrens beherrschte Leiber waren, eines Begehrens, dessen Wüten sie noch hinausschoben, diesen Moment, in dem ihre Lippen sich schließlich berühren würden, denn da sitzt der Höhepunkt der Lust, in jenem häufig kurzen Moment, in dem nichts gesagt und dennoch alles entschieden wird, das ist unausweichlich und köstlich, man weiß es, er kommt, er ist da – der Kuss.

Dann ist Vasco die Originalausgabe der *Poèmes saturniens* holen gegangen und hat sie in Tinas Hände gelegt. Tinas zitternde Hände haben sie geöffnet, und Tina, die Augen aufgerissen wie ein Kind, hat begonnen, die Gedichte der Sammlung zu lesen, sie hat sie in ihrer Abfolge gelesen, *Résignation*, *Nevermore*, *Après trois ans*, *Vœu*, sie hat sie leise gelesen, flüsternd, andächtig, so wie man betet, sagte mir Vasco, dessen Bericht bis dahin mit dem von Tina übereinstimmte, doch ab da weichen die Ereignisse, wie die beiden sie mir berichtet haben, in einem Punkt voneinander ab – einem kleinen Punkt, der aber nicht harmlos ist. Vasco versichert nämlich, dass Tina ihn geküsst habe, Tina aber behauptet, keineswegs, ganz im Gegenteil, dieser erste Kuss sei von ihm ausgegangen, er sei es gewesen, sagt sie, der die *kühne Initiative* dazu ergriffen habe, und jedes Mal, wenn der eine oder die andere mir diese Geschichte erzählte, bat mich der eine wie die andere unweigerlich, Partei zu ergreifen, und ich setzte mein Urteil aus. Sie aber, sagte ich, Sie sind Richter, ich lasse Sie darüber urteilen:

Leg Stirn an Stirn und deine Hand in meine,
Und schwör mir Eide (brich sie morgen wieder),
Und lass uns weinen, ungezähmte Kleine!

Das ist das letzte Terzett von *Lassitude*, dem fünften Gedicht der *Poèmes saturniens*. Und Tina, die flüsternd die vier ersten Gedichte gelesen hatte und die sogar die Verse von *Lassitude* flüsternd gelesen hatte, alle, ausnahmslos, die beiden Quartette und das erste Terzett, sie hat nun den da, den ersten Vers des letzten Terzetts laut gelesen, laut und deutlich, sie hat gesagt, *Leg Stirn an Stirn und deine Hand in meine*, worin Vasco natürlich so etwas wie einen Wink, einen Befehl gesehen hat, und was hätten Sie an seiner Stelle getan? Vielleicht hätten Sie ja genau das getan, was er getan hat, vielleicht hätten Sie ja Ihre Stirn an ihre Stirn gelegt und Ihre Hand in ihre Hand und Ihre Lippen auf ihre Lippen. Aber er hat sie nicht geküsst, nein, das zumindest behauptet er, ein Kuss, so behauptet Vasco, ist, wenn die Lippen sich bewegen, er aber hat nichts anderes getan, als seine auf ihre zu legen, als würden sie, sagte mir Vasco, nach Zartheit verlangen, und daraufhin hat Tina, die noch das Verlaine-Exemplar in der Hand hielt, es plötzlich auf den Tisch fallen lassen und ist ruckartig aufgestanden. Vasco glaubte, sie wende sich von seinen Lippen ab und werde auf der Stelle gehen und er werde sie nicht mehr wiedersehen und sie nie wieder das Wort an ihn richten, stattdessen begann Tina, eine andere Sprache mit ihm zu sprechen, eine universelle, uralte Sprache, indem sie ihn im Nacken packte und seinen Mund mit konfusen Gesten verschlang.

Vasco hatte eine Hand an Tinas Taille, die andere in ihrem Nacken, und jetzt war er es, der sie küsste, auf den Hals, auf die Ohren, Ohren, die der Richter weit aufsperrte, er lauschte mir, als ich erzählte, wie Vasco, der Tina an sich gedrückt hielt, die letzten Knöpfe ihres halb offenen Hemdes öffnete, wie er ihren BH aufhaken wollte, zunächst mit einer Hand, dann mit der anderen, dann mit beiden zugleich, aber nichts zu machen, es war ein Verschlusssystem mit vier Reihen von Haken, ein echtes Gelump, es erforderte zu sachkundige Berechnungen, zu komplexe Operationen, er lauschte mir, als ich ihm schließlich sagte, wie Vasco sich damit begnügte, die Träger runterzuschieben, sodass Tina immer noch ihren BH trug und trotzdem oben ohne war.

Es gibt ja nicht Dutzende Möglichkeiten, Sex zu haben – jedenfalls nicht im Großen Magazin: Im Stehen an den Regalen oder im Liegen auf dem Boden oder aber im Liegen auf dem Tisch. Die Regale waren voller Bücher, der Boden hart, kalt, unbequem; blieb der Tisch. Wir haben das alle schon mal in einem Film gesehen, ein Schreibtisch voll mit Akten, die man mit einer kräftigen Handbewegung runterfegt, um sich einen Quickie unter Kollegen zu gönnen, und natürlich haben wir das alle mindestens einmal vorgehabt, und Sie vielleicht auch, auf dem Schreibtisch hier, habe ich mit einem schlüpfrigen Grinsen hinzugefügt, aber der Richter hat nicht darauf reagiert, also bin ich zu Vasco zurückgekehrt, der einen Moment lang vorhatte, es so zu machen wie in den Filmen, nur lagen auf diesem Tisch keine ordinären Akten, die er hätte durch den Raum schleudern können, da lag die Gutenberg-Bibel, da lagen die korrigierten Fahnenabzüge der *Fleurs du mal*, da lag die Originalausgabe von *Une saison en enfer*, da lag die Originalausgabe der *Poèmes saturniens* – es waren die seltensten Bücher aus dem Magazin der seltenen Bücher, also löste Vasco sich von Tinas Lippen, um zu sagen: Räumen wir sie weg.

Man muss sich die beiden vorstellen, in einem Zustand extremer Erregung, durchdrungen von einem unwiderstehlichen Verlangen, gänzlich aus dieser Lust bestehend, die sie aufeinander hatten, man muss sie sich vorstellen, wie sie sich voneinander losreißen und ihre Instinkte zähmen, ihre Inbrunst mäßigen und mit größter Sorgfalt, mit der extremsten Vorsicht jedes Buch in seine Schachtel zurücklegen, dann jede Schachtel an ihren Platz zurückräumen – in einer Bibliothek, die viele Tausend Bücher zählt, sind verstellte Bücher verlorene Bücher, Bücher, die Phantome genannt werden, und nichts erschreckte Vasco so sehr wie Phantome. Und die beiden, die immer noch vor höllischem

Verlangen brannten, räumten nun methodisch und peinlich genau die Bücher an ihren Platz.

Dann legte Tina sich, auf beide Ellbogen gestützt, *auf den Tisch* und hob das Becken, damit Vasco sie von ihren Jeans befreite – er brauchte mehrere Ansätze, er musste wieder und wieder ziehen, die Jeans blieben an den Füßen hängen, aber endlich gelang es ihm. Tina war jetzt fast nackt, sie trug nur noch einen marineblauen Tanga, den sie über die Oberschenkel, über die Knie streifte, und Vasco küsste sie auf den Mund, auf die Wangen, auf den Hals, auf die Brüste, er bewegte sich weiter hinunter, näherte sich ihrem Geschlecht, zunächst auf geradem Wege, dann in kleinen konzentrischen Kreisen, über dem Nabel, unter dem Nabel, zwischen den Schenkeln, Tina konnte Vascos warmen Atem auf ihrem Geschlecht spüren, er umkreiste es, er war da, schüchtern, zögernd, unentschlossen über diesem winzigen Abgrund, er lavierte, als hätte er Angst, darin zu versinken, sodass Tina, die es nicht mehr aushielt, ihn bei den Haaren packte und mit einer autoritären und kategorischen Bewegung die Hüften zu Vascos Mund hob und ihn gegen ihr Geschlecht drückte.

Daraufhin drang Vascos Zunge in Tinas Geschlecht ein und es hatte gar nicht diesen leicht bittersüßen Geschmack, den es hätte haben können, es war warm, ölig, feucht, Tina ließ es mit sich geschehen, ihr nach hinten gebeugter Kopf lag auf der samtenen Wippe, dort, wo zuvor die Gutenberg-Bibel gelegen hatte, Tina, mit wirrem Haar, halb geschlossenen Augen, halb geöffnetem Mund, während Vasco, kauernd, die Arme gestreckt, die Hände auf Tinas Brüsten, ihr

Geschlecht mit der Zunge liebkoste, langsam zunächst, dann *crescendo*, während Tina nach und nach die Schenkel um Vascos Hals zusammendrückte, sie immer stärker zusammendrückte, so stark, dass er spürte, wie er ohnmächtig wurde, er würde dort sterben, den Nacken zwischen ihren Schenkeln gefangen, und er hörte kaum ihren schnellen Atem, ihre Befehle, weiterzumachen, mach weiter, mach weiter, flehte Tina mit erstickter Stimme, also machte Vasco weiter, so gut es ging, mit ungeheurer Hartnäckigkeit, ihr Lust zu bereiten, leckte Tina, die nicht mehr loslassen wollte, Tina, die sich im Moment des Höhepunkts mit einem Mal aufbäumte, wobei sie Vascos Kopf mitriss, dessen Kiefer heftig an die Tischkante schlug – so heftig, dass Vasco zu ihren Füßen das Bewusstsein verlor.

7

Oft dachte Tina an die ersten Tage, an die ersten Wochen mit Edgar zurück: Einzuschlafen, ohne Sex zu haben, schien damals undenkbar, sie bildeten einen einzigen, zweiköpfigen Körper. Und dann hatte die Geburt der Zwillinge ihr Liebesspiel nach und nach seltener werden lassen, von ein bis zwei Mal am Tag waren sie zu ein bis zwei Mal pro Woche, dann zu ein bis zwei Mal pro Monat übergegangen, und seitdem war das ihr üblicher Rhythmus, sie vögelten, wie die staatlichen Gesundheitskampagnen das Trinken empfahlen: *in Maßen*.

Drei Abende in der Woche ging Edgar in ein Fitnessstudio, dort widmete er sich dem *crossfit*, dem *burning cycle*, dem *boxe & rope* oder dem *bodycombat*, was eine ganze Menge Anglizismen waren, um auszudrücken, dass er schwitzte wie ein Schwein; an den anderen Abenden, an denen Tina auf der Bühne stand, kümmerte er sich allein um die Zwillinge, trotzdem fand er die Zeit für ein kleines *Plank*-Bauchmuskeltraining, nur um sein *Sixpack* zu pflegen, das er sonntags zur Schau stellte, wenn er sich mit Freunden im Bois de Vincennes traf, wo er mit nacktem Oberkörper Baseball spielte – daher der Schläger.

Edgars Abende waren ebenso sportlich wie seine Tage

freudlos und monoton; im unermesslichen Überdruss subalterner Aufgaben rackerte er sich damit ab, sein Leben zu verdienen, und bemühte sich zu vergessen, dass er es eines Tages verlieren würde: Er ging frühmorgens aus dem Haus, teilte sich eine Uber-Fahrt und ein Büro im Finanzministerium und verbrachte den Großteil seiner Zeit mit Mails an *.gouv.fr*-Adressen und mit Vermerken oder Berichten, die er in der Hoffnung verfasste, ein Ministerberater würde sie lesen, würde geruhen, sie zu lesen, eher zu überfliegen, und Tina zählte die Abende nicht mehr, an denen er bedrückt nach Hause kam und schimpfte, drei Wochen, Liebling, ich reiß mir seit drei Wochen mit diesen vierzig Seiten den Arsch auf, und dieser Idiot hat sie kaum überflogen. Über alles andere konnte er sich nicht beklagen: Er hatte Anrecht auf sechs Wochen bezahlten Urlaub, ein dreizehntes Monatsgehalt und Restaurant-Schecks.

Weil sein Job ihn zermürbte, knirschte er nachts mit den Zähnen. Man hatte ihm eine Zahnschiene verschrieben, die er beim Schlafen tragen musste; wenn er sie im Mund hatte, lispelte er. Es war zu seinem Ritual geworden: Bevor er das Licht ausmachte, setzte er die Schiene ein, küsste seinem »Fätzchen« den Hals und schlief ein. Tina fand sich damit ab. Die Zärtlichkeit, die Zuneigung, die sie für ihn empfand, glichen die Lust aus, die sie mit ihm nicht mehr empfand – die sie mit ihm *nie* empfunden hatte, hätte ich beinahe geschrieben, aber was weiß ich darüber? –, und wenn das Begehren so stark war, dass sie es befriedigen musste – und das wusste ich, das hatte sie mir anvertraut –, stand sie auf, legte sich aufs Sofa, machte den Computer an, ging auf YouPorn, befriedigte sich rasch und legte sich wieder schlafen; Edgar schnarchte.

Und all das habe ich dem Richter nicht gesagt, unnötig, die Sexualität von Edgar und Tina zu erörtern, unnötig, Details auszubreiten – die übrigens nur aus Vermutungen meinerseits bestanden, vielleicht malte ich sie ja zu schwarz –, aber ich glaube doch, dass er begriffen hatte, dass wir im Falle von Edgar weit von dem großschnäuzigen Doppelalexandriner entfernt waren, den Vasco hingekritzelt hatte:

> Ich mit Euch schlafen? Gern! Doch hab ich den Verdacht,
> Ihr macht kein Auge zu die ganze lange Nacht!

Verzeihen Sie meine Wortwahl, habe ich gesagt, aber am Anfang glaubte ich wirklich, bei ihrer Geschichte ginge es nur ums Ficken.

Ich hatte unrecht: Sie liebten sich.

Sagen wir eher, dass sie anfingen, füreinander Gefühle zu empfinden, die dem entsprachen, was man gemeinhin Liebe nennt, aber das Eingeständnis der Liebe bedarf unvermeidlich der Worte, und diese Worte wagten sie einander nicht zu sagen, diese Liebe wagten sie einander nicht zu gestehen, oder sie gestanden sie sich, aber nur sich selbst: Unausgesprochen blieb ihre Liebe harmlos; sie war, allerhöchstens, ein Stammeln des Herzens – ein Zeitvertreib wie jeder andere, flüchtig und frivol, der keinen Anlass für Folgen bot. Es sei besser, sich nicht zu lieben, sagt das Lied, als sich eines Tages nicht mehr zu lieben, also hielt Tina sich an recht vage, euphemistische Formulierungen, sie sprach von *Verwirrungen* oder *Wahlverwandtschaften* und Vasco stimmte zu: Sie liebten sich nicht, Punkt, sie schliefen miteinander, das war alles – und schworen sich jedes Mal, wenn sie es taten, dies sei das letzte Mal.

Nachdem ihm zwischen ihren Schenkeln die Sinne geschwunden waren, hatte Tina ihn geschüttelt, hatte eine Mund-zu-Mund-Beatmung durchgeführt, ihm schließlich seinen Badge abgenommen; sie war mit einer Tube Leim aus der Restaurierungswerkstatt zurückgekommen, die sie ihm unter die Nase gehalten hatte; er war sofort wieder zu Bewusstsein gekommen. Und dann verließen sie die BnF, kleinlaut, stumm wie eine Stunde zuvor, aber aus anderen Gründen; und sie liefen schweigend gemeinsam bis zum Metroeingang. Sie trennten sich fast wortlos. Es war verrückt, was man sich alles sagen konnte, ohne zu sprechen. Zehn Tage lang hatten sie sich nicht beieinander gemeldet. Vasco, weil er nicht wusste, was er darüber denken sollte; Tina, weil sie sich bemühte, nicht mehr daran zu denken: Es war, als hätte er mit einem Mal ein Begehren in ihr wiederbelebt, das sie für tot gehalten hatte und das nur eingeschlafen war. Sobald ihr Telefon vibrierte, bekam sie Herzklopfen, lebte ihre Hoffnung auf: Das war *er*, der sie anrief, *er*, der ihr geschrieben hatte. Aber nein, das war nicht er, es war nie er, sodass sie schließlich daran dachte, seine Nummer zu blockieren, eher, um sich die Hoffnung zu verbieten, er werde sie anrufen oder ihr schreiben, als um ihm zu verbieten, es zu tun, denn ihre Tage beschränkten sich nur noch darauf: warten und hoffen. Und sie hätten es dabei belassen können, sich nie wiederzusehen, hätte Tina nicht die Initiative ergriffen, hätte sie ihm nicht eines Mittwochvormittags geschrieben, nachdem sie die Zwillinge in der Krippe abgegeben hatte: Ich würde dir nicht sagen, dass ich unaufhörlich an dich denke … – eine Paralipse. Und wenn Vasco ihr nicht geantwortet hätte: Und ich nicht, dass ich ein bisschen Lust auf dich habe … – ein Euphemismus. Und wenn sie sich nicht am selben Abend wiedergesehen hätten … – eine Dummheit, wenn Sie meine Meinung wissen wollen.

Wir hatten als Zuhause die Nacht
Als Gefährten den herben Wein
Unsre Blicke waren zärtlich und sacht
Auch Verwirrung spielte hinein

Wir hatten uns gegenübergesetzt
Klammheimlich in jenem Café
Und schrieben was jetzt ist zerfetzt
Durch des Schicksals Autodafé

Deine Augen so grün so bukolisch
Allein nur für mich warn sie hier
Und ich gäbe und zwar nicht symbolisch
Den Rest meines Lebens dafür

Jene Stunden kehrn plötzlich zurück
In den Zeilen meines Gedichts
Erinnre Dich ihrer mit Glück
Wie eines Winterhimmels voll Licht

Das war das Gedicht, das in Vascos Heft als Nächstes kam.

Den Namen des Cafés, in dem sie sich an jenem Abend berauscht haben, weiß ich nicht mehr. Das Gedicht sagt es nicht. Aber ich weiß, weil ich es von dem einen wie der anderen erfahren habe, dass sie beide begierig auf ihre Lippen waren und nicht nur auf ihre Lippen. Man weiß, wie derlei Dinge ablaufen: Einer beginnt Sätze, die der andere beendet, die Flasche ist bereits leer, man bestellt eine weitere; die von Glas zu Glas gesteigerte Gemeinsamkeit wird zur Verständnisinnigkeit, die Verständnisinnigkeit zur Offensichtlichkeit, aber zu einer Offensichtlichkeit, die in der Schwebe bleibt: Man hat im anderen bereits ein anderes Selbst erkannt, man verschweigt es, die Zeit vergeht, man würde sie gern anhalten, aber das Café macht gleich zu, man bittet um die Rechnung; man steht auf, man geht, man läuft ein Stückchen untergehakt durch die Nacht, es nieselt, man stellt sich einen Moment in der Toreinfahrt eines Hauses unter, dessen Tür sich öffnet, plötzlich steht man in der Eingangshalle, und wenn man Tina ist, heftet man seine Augen in Vascos Augen, und wenn man Vasco ist, dann kommt jetzt die Masche mit dem »Hoppla, ein Haiku«.

Ja, was sitzt denn da?
In deiner Halsbeuge dort
Hoppla, ein Haiku

Man küsst sich, man trennt sich mit Bedauern, man wird sich sehr rasch wiedersehen, man weiß: Man kann nicht anders.

Man sieht sich wieder.

Man ist verloren.

An den Abenden, an denen sie spielte, blieb Tina immer lange in ihrer Garderobe, ging in einer Kneipe neben dem Theater noch etwas trinken und kam spät nach Hause, manchmal lange nach der letzten Metro; wenn sie nicht spielte, hatte sie die Angewohnheit, nachts in Cafés Text zu lernen oder zu schreiben – sie sagte: Ich halte Nachtwache am Bett der Wörter. Ob sie spielte oder nicht, Tina konnte sich mit Vasco treffen, ohne den geringsten Verdacht aufkommen zu lassen. Ein bis zwei Mal pro Woche trafen sie sich im Relais de la Butte, einem Café in Montmartre: Sie tranken etwas oder etwas mehr, dann liefen sie durch die Straßen oder blieben auf der Terrasse sitzen. Es mochte ein wenig länger als einen Monat sein, dass sie miteinander *verkehrten*, als dort, auf der Terrasse des Relais de la Butte, Vasco zum ersten Mal eine Träne über Tinas Wange rinnen sah.

»Hingerissen« kann zweierlei bedeuten: Begeisterung, lebhafte Freude, aber auch an einen Ort, in eine Richtung gerissen werden. Und genau das empfand Tina seit einiger Zeit, das Gefühl, aus ihrem eigenen Leben gerissen zu werden: dem einer Frau, die einen Mann liebt, der ihr treu ist und den sie bald heiraten wird. Sie hatte Vasco zu oft gesehen, in zu kurzen Abständen, sie war fast verloren, das waren ihre Worte, ich bin so kurz davor, sagte sie und bewegte Daumen und Zeigefinger aufeinander zu – ihre Art, ihm zu sagen, ohne es zu sagen, dass sie anfing, ihn zu lieben. Sie machte sich deswegen Vorwürfe, ich aber glaube, sie hätte sich deswegen keine Vorwürfe machen sollen: Man verliebt sich nicht willentlich, man tut es immer *unbeabsichtigt*. Sie war, sagte sie, eine Granate, eine gottverdammte entsicherte Granate zwischen seinen Beinen, aber noch war für ihn Zeit, ebendiese in die Hand zu nehmen, denn zwischen ihr und ihm gab es keine Zukunft und ohne Zukunft würde sie explodieren.

Nun sollte sie allerdings in ein paar Monaten heiraten, sie liebte ihren Mann, sie wollte und konnte keinen anderen Mann lieben, das konnte er verstehen, oder? Aber Vasco verstand das nicht, er verstand nichts, er begriff nicht, dass in dem Überschwang, in Tinas leidenschaftlicher Freude, in ihrer Art, sich ohne jede Scham zu entblößen, sich ohne Vorbehalt jedem auszuliefern, der ihren Weg kreuzte, vertrauten Freunden ebenso wie vollkommen Unbekannten, er begriff nicht, dass in der Illusion, die sie ihnen vermittelte, ihnen alles zu geben, dass darin eine Möglichkeit lag, das Wesentliche zu verbergen: ihren inneren Aufruhr, die Risse in ihr, den unermesslichen Abgrund, in den ihre gewaltige Einsamkeit stürzte; er begriff nicht, dass sie für die Zukunft schon immer eine irrationale, maßlose Sorge empfunden hatte, dass ihr Leben ihr immer verschwommen, labil, unbestimmt vorgekommen war und sie in Wahrheit einen Kerl wie Edgar brauchte, der sie besänftigte, sie beruhigte, ihr *Beständigkeit* bot, einen Horizont, ohne den das Leben nur eine fortwährende, reglose, in unmäßige Angst eingemauerte Gegenwart war. Und immer, wenn es etwas gab, das zu verstehen Vasco Mühe hatte, ging er zu Alessandro – seinem Friseur. Ein Italiener, schön wie ein griechischer Gott, dazu ein Philosoph: Adonis für alle, die ihn sahen, Sokrates für alle, die ihn hörten. Es gab eine höchst simple Methode, Vascos seelische Verfassung zu beurteilen: die Länge seiner Haare. Wenn er einen *Durchhänger* hatte, besuchte Vasco Alessandros Salon – deshalb hatte er bei seiner Ankunft im Gefängnis quasi eine Glatze. Also ging er zu Alessandro, erzählte ihm von Tina und wurde alles los, von ihrer ungeplanten Begegnung bis zu ihren durchgeplanten Rendezvous, er sagte ihm, da sei etwas im Gange, was genau, wisse er nicht, aber etwas sei im Gange, es sei wirklich eine Geschichte oder jedenfalls der Ansatz einer Geschichte, die Tina wahrscheinlich nicht mehr wolle.

Sie hat recht, sagte Alessandro. Zumindest nach dem, was ich das Theorem von Magritte nenne – es gab kein Thema, zu dem Alessandro nicht etwas hatte, das er »Theorem« nannte. Und er erklärte ihm, es gebe zwei Arten von Malern, jene, die sich an das Auge richteten, und jene, die sich an den Geist richteten: Die Ersten malten, wie man male, und die Zweiten, wie man denke. Magritte gehöre zur zweiten Kategorie: Er ahme nicht die Wirklichkeit nach, er enthülle ihre Komplexität – er sei, präzisierte Alessandro, ein Maler der grauen Zellen. Und unter den Gemälden Magrittes gebe es eines, das Vasco vielleicht über seinen Fall Aufschluss geben könne. *Der Scharfblick* – so lautet der Titel des Gemäldes: Ein Selbstporträt des Malers vor seiner Staffelei, auf dem man ihn sieht, wie er ein auf einem Tisch liegendes Ei betrachtet, während er gleichzeitig einen Vogel mit ausgebreiteten Flügeln malt. Der Maler, fuhr Alessandro fort, sei ein Visionär: Er antizipiere, und das Ei habe in seinem Geist bereits die Flügel, die es ihm ermöglichen, davonzufliegen. Vasco begriff nicht recht, worauf er hinauswollte. Aber das ist doch einfach, fuhr Alessandro fort: Der Maler betrachtet das Ei, aber sieht den Vogel: die Folge des Eis. Tina ist der Maler und das Ei die Beziehung, die ihr habt. Und was sieht sie, wenn sie das Ei betrachtet? Sie sieht den Vogel, und der Vogel ist ein zerbrochenes Paar, eine abgesagte Hochzeit, zwei Jungs, die sie allein erziehen muss und nur noch jede zweite Woche sehen darf, kurz, sie hat recht, ihr tätet besser daran, euch nicht mehr zu sehen.

8

Ein Herz, eingelegt
F. M. A. in BnF
Psst! Raub verschweigen

Und das, fragte der Richter. Was ist das?

Ein Haiku, habe ich gesagt. Ein kleines Gedicht in drei Zeilen. Es ist knapp, ausgefeilt: Das Haiku beschreibt nicht, es benennt. Es ist streng kodifiziert.

Und dann hat er gefragt, was es bedeute, dieses Haiku.

Dieses Haiku bedeutete ganz sicher einen Prozess, vielleicht Knast, auf jeden Fall eine saftige Geldstrafe. Es bedeutete, dass ich in der Scheiße saß.

Ich habe es leise gelesen, habe den Richter angesehen, habe es wieder gelesen und wieder den Richter angesehen, um zu erkennen, ob er Bescheid wusste, aber nicht rauszukriegen, er blieb unbewegt, unmöglich, in seinem Gesicht zu lesen. Ich habe das Haiku wieder gelesen, diesmal laut, mit arglosem Lächeln und unschuldiger Miene. Dabei war ich in der Sache weiß Gott nicht unschuldig, aber Gott klagt nicht an, der Untersuchungsrichter schon.

Ich musste mein Phlegma bewahren, undurchdringlich sein, ruhig bleiben.

Bleib ruhig, sagte ich mir, bleib ruhig, Väterchen (wenn ich mit mir selbst rede, gebe ich mir liebevolle Spitznamen, meistens Väterchen). Bleib vor allem ruhig, wiederholte ich mir, aber in meinem Kopf drehte es sich wie ein Karussell, nur waren da anstatt der kleinen Holzpferdchen Vasco, Tina, die Statue eines alten Mannes, eine Schwimmbrille, ein Schraubenausdreher, ein Kamin, eine Metallschatulle auf diesem Kamin und in der Schatulle genug, um mich ins Gefängnis zu bringen.

Während er mich beobachtete, der Richter, während er darauf wartete, dass ich das Haiku seiner poetischen Substanz entleerte, um es besser zu erklären – jeder Erklärungsversuch eines Verses entleert ihn seiner poetischen Substanz –, dachte ich an den Samstagvormittag zurück, an dem mich Vasco angerufen hatte, um mir zu sagen, heute sei Tinas Geburtstag.

Sie und er kannten sich jetzt seit fast zwei Monaten, ich war der Vertraute des einen und der Beichtvater der anderen, der Geschichtsschreiber ihrer Liebe geworden; denn es handelte sich tatsächlich um Liebe – den berauschenden Schwindel der Liebe in ihren Anfängen: Der Vorabend des Tages, an dem sie sich sehen würden, war köstlich wegen des folgenden Tages, den er verhieß, und der Tag nach dem, an dem sie sich gesehen hatten, wegen der Erinnerungen an den Vortag. Vasco bemühte sich zwar, unbekümmert, halbwegs gleichgültig zu bleiben, gab vor, für Tina nur ein unbestimmtes Begehren zu empfinden, aber alles im Tonfall, in der Modulation seiner Stimme veränderte sich, wenn er von ihr sprach – und er sprach von nichts anderem, sie war seine einzige Obsession, er hatte nur Tinas Namen im Mund, die an diesem Tag Geburtstag hatte.

Er wollte wissen, ob ich ein Geschenk habe.

Ich hatte ein Porträt von Verlaine vergrößern lassen, das, auf dem man ihn am Ende seines Lebens in einem Café sitzen sieht, mit zusammengekniffenen Augen und leerem Blick und darunter der dicke Schnurrbart, auf dem Tisch ein Stock und über dem Stock ein Hut und neben dem Hut Tinte und Papier, und vor ihm die grüne Fee, die ins Gelbliche geht, das randvolle Glas Absinth, ohne das weder Wille noch Wort kommen, das Papier weiß bleibt. (Ich sehe mir dieses Porträt vom 28. Mai 1892 oft an: Verlaine wirkt melancholisch, eine Melancholie, die keine Pose ist, und dann frage ich mich, ob er trank wie ein Loch, um die Traurigkeit aus seinem Inneren zu vertreiben und sie in diesem Loch zu verscharren, oder ob die Traurigkeit in seinem Inneren daher kam, dass er trank wie ein Loch, denn eigentlich hat man das nie wirklich erfahren.)

Dieses Porträt also hatte ich vergrößern lassen und dann hatte ich es rahmen lassen und dann hatte ich es einpacken lassen, kurz, ich hatte alles delegiert, ich musste es nur noch schenken.

Ich hörte Vasco seufzen: Er hatte nichts, er kümmerte sich etwas spät darum, ob ich vielleicht eine Idee hätte?

Nein, habe ich gesagt.

Gut, antwortete Vasco, ich rufe dich in zwei Stunden an, und zwei Stunden später rief er mich an, um mir mitzuteilen, er habe intensiv nachgedacht, er habe ein Geschenk, und nicht irgendein Geschenk, *das* Geschenk, ein Herz, *das*

Herz, und auf Wirkung bedacht ließ er ein paar Sekunden verstreichen, bevor er feierlich hinzufügte: das Herz von Voltaire.

Die BnF hat zwei Hauptsitze: Tolbiac, am Ufer der Seine, wo Vasco arbeitete, und Richelieu, der historische Sitz im 2. Arrondissement. Mittelalterliche Moderne der eine, renovierte Archaik der andere. Tolbiac kannte ich gut, Richelieu weniger. Ich hatte ein paar Nachmittage in der Salle Labrouste verbracht, wo das Licht senkrecht durch die Glaskuppeln hereinfällt, war aber nie im Ehrensaal gewesen, der auch Salon Voltaire genannt wird: Dort steht eine Statue des Philosophen aus Stuckgips, ein Werk von Jean Antoine Houdon.

Und weißt du, was man dort findet, fragte mich Vasco, in dieser Statue, besser gesagt im Holzsockel dieser Statue, hinter einer einfachen, mit vier Schrauben befestigten Platte? Und er erklärte mir, nach Voltaires Tod im Haus seines Freundes, dem Marquis de Villette, am Quai des Théatins 27, heute Quai Voltaire, habe man sein Herz, eingelegt in einer Alkohollösung, in eine Metallschatulle getan, die mit der Inschrift versehen war: »Herz von Voltaire, gestorben in Paris am 30. Mai 1778«. Dann war das Herz ein Jahrhundert lang von Hand zu Hand gegangen, bis es in der BnF landete, wo die Schatulle in ein Holzkästchen und das Holzkästchen in die Statue gelegt wurde, die man vor ein paar Jahren wegen Bauarbeiten hatte auslagern müssen.

Eines Morgens also, erzählte mir Vasco, hat man die Statue von Voltaire ausgelagert, und beim Auslagern stellte man fest, dass es müffelte, ein starker, ungewöhnlicher, hartnäckiger Geruch, und sofort hat man sich gefragt, ob das Herz vielleicht gerade verfaulte. Also hat man den Sockel geöffnet, das Kästchen ins Labor geschickt und ein winziges Loch von etwa drei Millimetern in der Metallschatulle entdeckt: ausgetrocknet, das Herz, ganz verschrumpelt in seiner Schatulle; ich erspare dir die Einzelheiten, erzählte mir Vasco mit hörbar gerümpfter Nase, die Oberlippe sicher mit einem Ausdruck des Abscheus ein wenig hochgezogen, aber dann hat man es wieder in eine Alkohollösung eingelegt und schon vor dem Ende der Arbeiten ist es an seinen Platz in der Schatulle, die Schatulle in das Kästchen, das Kästchen in die Statue und die Statue in den Ehrensaal zurückgekehrt, von wo es in wenigen Stunden, endete er mit entwaffnender Selbstsicherheit, verschwunden sein wird.

Ich fragte mich natürlich, wie er es anstellen wollte, das Herz Voltaires zu stehlen, aber er hatte offenkundig alles geplant. Das sei, sagte er, ein *Kinderspiel*: Man müsse nur eine Kerbe in der Mitte der Niete machen, ein paar Millimeter, nicht mehr, dann ein Loch bohren und es allmählich erweitern, die Spitze eines Schraubenausdrehers hineindrücken, ihn entgegen dem Uhrzeigersinn drehen und dieselbe Operation für jede Niete wiederholen. Dann müsse man nur noch die Platte entfernen, das Herz herausnehmen und in eine Tasche stecken und den Diebstahl verschleiern: Die Platte mit den Originalnieten einsetzen, die Kerben mit Kitt verschließen und sich unbemerkt davonmachen.

Vasco hatte daran gedacht, nachts zu handeln, kurz vor der Schließung zu kommen, er hätte nur den Ehrensaal erreichen müssen, die zweite Tür links nehmen, auf keinen

Fall die erste, die erste führte ins Büro der Direktorin, dann wäre er den Flur entlanggegangen, vorbei an den Porträts der Direktoren der Bibliothek, und an dessen Ende gelangt, wo sich die Toiletten befanden. Er hätte sich dort verstecken und erst nach Einbruch der Nacht herauskommen, die Platte lösen, das Herz stehlen, sich erneut in der Toilette einschließen und am Morgen wieder herauskommen können, wenn die Bibliothek aufmachte. Eine verlockende Idee, gegen die er sofort drei Einwände vorgebracht hatte: Der erste, dass es eine Nachtwache gebe und die Nachtwache Rundgänge mache; der zweite, dass es nicht unmöglich sei, dass sich im Ehrensaal ein Bewegungsmelder befinde; und der dritte, dass Tinas Geburtstag am heutigen Tag sei und an keinem anderen.

Kurz, fasste Vasco zusammen, wir müssen am helllichten Tag handeln.

Was heißt *wir?*

Und in rasendem Tempo, als wäre es ein einziges Wort, sagte er: Treffpunkt-vor-der-BnF-siebzehn-Uhr und legte auf.

Es braucht nicht viel, um mich in dubiose Pläne hineinzuziehen, und dieser war nicht nur ein bisschen dubios: Ich war eine gute Viertelstunde zu spät vor der BnF, aber ich kam. Vasco erwartete mich mit nervösem Lächeln, einer Tasche, darin Schwimmsachen, und unter diesen Schwimmsachen, unter einer Badehose, einer Schwimmbrille, einem Handtuch und Flipflops, Schlägel, Schrauber, Spachtelmasse – genug, um das Misstrauen des Mitarbeiters zu wecken, der am Eingang die Taschen kontrollierte.

Vasco wusste, was er von den Kontrollen der Sicherheitsleute der BnF zu halten hatte: Wie oft hatte er gesehen, dass sie einen Rucksack träge abtasteten, ohne sich auch nur die Mühe zu machen, ihn zu öffnen, oder ihn öffneten und nur mit einem Blick prüften; es gab keinen Grund, weshalb es an diesem Tag anders sein sollte. Ich hatte meine Hosentaschen geleert und war durch die Sicherheitsschleuse gegangen, gefolgt von Vasco, dessen Sporttasche wie erwartet nur aufgemacht, aber nicht durchsucht wurde. Schon waren wir im Hof, dann im Ehrensaal, dort erwartete uns in seinem Sessel Voltaire – die Statue von Voltaire, sauertöpfischer, abgemagerter Greis in seinem auf antik gemachten Gewand, welke Haut und wache Augen, der Blick schelmisch und spöttisch, als zögen alte Erinnerungen an ihm vorbei, die Kindheit, erste Verse, erste Oden, vielleicht die, in der Mädchen ihre Seidenröcke nur für ihn schürzten, dann raste sein Herz, wie es später für Marquisen und Herzoginnen, für Sekretäre und Schauspielerinnen, für seine kleine Nichte, für Calas und für Sirven, für den Chevalier de La Barre und für den Comte de Lally, für die Aufklärung und für Ferney rasen würde, dieses arme Herz, das für niemanden mehr raste und ganz kümmerlich im Holzsockel dieser Statue ruhte, wovon eine Inschrift zeugte:

HERZ VON VOLTAIRE

DER KAISERLICHEN BIBLIOTHEK ÜBERGEBEN

VON DEN ERBEN DES MARQUIS DE VILLETTE

1864

Es war 17.20 Uhr, die Bibliothek würde bald schließen, wir hatten nur eine halbe Stunde, um zu handeln. An die Arbeit, sagte Vasco. Der Ehrensaal führte weder zu Lesesälen noch zu Magazinen, sondern nur zu Büros – an einem Samstagnachmittag waren dort nur wenige Leute. Wenn Vasco schnell war, würde er von niemandem gesehen werden, außer von mir, der an der Tür Wache stand. Ich sah, wie er die Sporttasche neben die Skulptur stellte, die Badehose, das Handtuch, die Schwimmbrille und die Flipflops auspackte, dann Schlägel, Schrauber, Spachtelmasse, und seinen Plan genau ausführte: die Kerbe, das Loch und so weiter, bis die Platte von selbst herabfiel. Er hatte recht, der Blödmann: ein Kinderspiel. Mit der Taschenlampe seines iPhones leuchtete er ins Innere des Sockels, wo sich das Kästchen befand, das er sofort aufmachte. In dem Kästchen war wirklich die Metallschatulle, die er in das Handtuch wickelte, bevor er die Kiste wieder zumachte, die Platte anbrachte, die Schrauben festschraubte, die Löcher mit Kitt verschmierte, kurz, den Diebstahl verschleierte.

Draußen hob sich das Gebäude der Bibliothek von einem blauen, einfarbigen Himmel ab. Wir mussten nur durch die Sicherheitsschleuse – wir wussten, dass es keine Kontrollen geben würde, es gibt nie eine beim Rausgehen. Außer an diesem Tag. Außer bei diesem Mal. Darf ich Ihre Tasche sehen?, fragte einer der Sicherheitsleute. Natürlich, stammelte Vasco. Der Beamte öffnete die Tasche, sah das Handtuch und die Schwimmbrille, die Badehose. Schwimmen Sie?, fragte der Beamte. Ja, sagte Vasco und zwang sich zu lächeln, aber heute nicht, ich habe meine Schwimmweste vergessen. Der Beamte grinste ebenfalls und machte die Tasche zu, doch als wir durch die Schleuse gehen wollten, spürte Vasco, dass man ihn am Arm festhielt. Der Mann ließ nicht locker. Da ist noch was, sagte er. Was denn?, fragte Vasco, und ich sah ihn schlagartig erbleichen.

Brust oder Kraul?, hat der Mann gefragt, er hat mich gefragt, ob ich Brust oder Kraul schwimme, erzählte Vasco Tina am selben Abend in der Bar, wo wir zu dritt ihren Geburtstag feierten, und dann hat er uns gehen lassen, schloss er und überreichte ihr das in grün-blaues Geschenkpapier verpackte Herz Voltaires – neben dem mein Porträt von Verlaine, obwohl vergrößert, obwohl gerahmt, völlig bedeutungslos wirkte. Und Tina, die mir gedankt und mich umarmt hatte, sagte zu ihm, du bist verrückt, sie war erst überrascht, dann verblüfft, dann fassungslos, wunderbar verrückt, wiederholte sie, dann küsste sie ihn und fragte: Was mache ich nur mit dir?

Was sie mit ihm machen würden, wusste bisher weder der eine noch die andere, aber mit dem Herzen, das wusste ich, das sah ich kommen – und so kam's auch: Tina konnte nicht mit dem Herzen Voltaires nach Hause gehen, Edgar hätte ihr unweigerlich Fragen gestellt, und erklären Sie mal Ihrem künftigen Ehemann, dass das ein Geschenk Ihres Liebhabers ist, das Sie und ihn in Schwierigkeiten wegen Hehlerei bringen könnte; Vasco wiederum konnte es keinesfalls bei sich behalten, und als ich sah, wie sich ihre Blicke auf mich richteten, als ich sah, wie sie die Hände aneinanderlegten, wie man es macht, wenn man fleht, sagte ich mir, Väterchen, kein Zweifel, dieses Herz ist für dich, ich habe begriffen, dass es in meinem Wohnzimmer landen würde, gestrandet auf dem Kaminsims, wo es heute Morgen noch lag, dieses Herz, von dem ich nicht erwartet hatte, es am selben Nachmittag beim Richter zu finden, eingenistet in ein Haiku von Vasco.

Ein Herz, eingelegt
F. M.A. in BnF
Psst! Raub verschweigen

Und?, drängte der Richter. Was bedeutet dieses Haiku?

Der erste Vers informierte über das Objekt des Diebstahls. Der zweite über den Ort: BnF, das war einfach, das verwies auf die Bibliothèque nationale de France, F. M.A., weniger einfach, auf die Initialen von François Marie Arouet, den Geburtsnamen Voltaires. Der letzte Vers schließlich, der deutlichste, am ehesten geeignet, die Aufmerksamkeit des Richters auf sich zu ziehen, ebender, der mich ins Unglück hätte stürzen müssen, sollte mich retten: Das konnte nur ein Rat von Vasco sein, eine Handlungsempfehlung für den Fall, dass wir uns zum Beispiel vor einem Untersuchungsrichter wiederfinden würden.

Keine Ahnung, habe ich gesagt.

Sind Sie sicher?

Nein, wirklich, ich weiß es nicht.

Gut, das ist nicht so wichtig, sagte der Richter und tat, als fegte er das alles mit einer Handbewegung beiseite, und tatsächlich war es eigentlich nicht so wichtig, dass Voltaires Herz bei mir lag und nicht in seinem Sockel in der BnF, wo niemand bemerkt zu haben schien, dass es verschwunden war, und während der Richter auf diesen Teil der Ermittlung verzichtete und schon zum nächsten Gedicht weitergegangen war, dachte ich an das Telefon in meiner Hosentasche und an die Fotos, die darin waren, erdrückende Beweise, die ich, sobald ich hier rauskam, sofort würde löschen müssen.

Jean Antoine Houdon, *Voltaire sitzend*, 1781,
Ehrensaal der BnF-Richelieu

9

Denn schließlich war ich nicht hier, im Büro des Richters, um über das Herz Voltaires zu sprechen, sondern um über Tinas Herz zu sprechen und über das von Vasco, über die beiden Herzen, die an diesem Punkt des Berichts etwas zu wild, etwas zu schnell zu klopfen begannen, etwas zu eingepfercht in plötzlich etwas zu engen Brustkörben. Man kann großes Gewese darum machen, man kann die Liebe in Paraphrasen hüllen und mit Metaphern verschönern, aber was ist sie *in fine?* Klappen, die sich öffnen und schließen wie Ventile. Und während ich das sagte, wusste ich natürlich, wie weit ich *neben der Spur* war, wusste ich, dass es tatsächlich überhaupt keinen Sinn hatte, die Liebe allein auf ihren physiologischen Aspekt zu reduzieren, denn schließlich ist die Liebe nicht nur das Rasen zweier Herzen, sie ist viel mehr, und das galt umso mehr für Vasco, der schwor, niemals je in irgendjemanden verliebt gewesen zu sein – und der in Tina verliebt war. Die Liebe ist ein aufsteigender Mechanismus, man steigt vom Boden in den Himmel und man schwebt in einem ungreifbaren Äther: Man sagt einander *verfallen*, aber der Begriff ist falsch. Vasco war also in Tina verliebt. Und mir hat er das anvertraut. Ihr hatte er noch nichts über die wahre Natur der Gefühle gesagt, die ihn erfüllten; er hatte sich bemüht, ich sagte es schon, *ungebunden* zu bleiben; er liebte sie, er wusste es, er hatte Gelegenheit gehabt, es ihr zu sagen, es aber nicht getan, und jetzt war es zu spät, er war nicht mehr imstande, es zu tun: Sie hatte die Brücken zu ihm abgebrochen.

Am Abend ihres Geburtstags, sagte ich dem Richter, am Abend, als er ihr Voltaires Herz schenkte, was ich ihm nicht sagte, war Tina sturzbetrunken nach Hause gegangen, nicht im Zustand wollüstiger Benommenheit, vorübergehender Betäubung, in den einen ein paar harmlose Gläser versetzen, sondern mit der schrecklichen Hellsichtigkeit, zu der einem die stärksten Schnäpse verhelfen, mit der Fähigkeit, die sie einem verleihen, und sei es auch nur für einen Augenblick, die Temperatur des Feuers zu ermessen, das einen verbrennt. Sie hatte sich ein letztes Glas eingegossen und im Dunkeln auf ihrem Sofa getrunken, während sie bis zum Erbrechen die Anschuldigungen wiederkäute, die sie an sich selbst richtete, seit Vasco in ihr Leben getreten war. Aus freien Stücken zerstörte sie das Einzige, was sie jemals geschaffen hatte, dieses etwas wacklige Gebäude, das man eine Familie nennt; sie schämte sich, nicht nur zu tun, was sie tat, sondern, viel schlimmer, zu sein, was sie war – untreu, unlauter, verantwortungslos; sie verfluchte ihre Verstellungen, ihr Doppelspiel, ihre Lügen; ihr Hirsch richtete sich wieder auf, sie hörte ihn röhren. Sie war entschlossen, Schluss zu machen mit dieser Liebelei, denn es war nur eine Liebelei, eine unvorhergesehene Begegnung, auf die ein vorübergehendes Abenteuer gefolgt war, unter das man einen Schlussstrich ziehen musste, und mitten in der Nacht, erfüllt von diesen tugendhaften Vorsätzen, hatte sie Vasco eine Nachricht geschickt. Sie brauche Ruhe und müsse ihr Leben auf das Wesentliche beschränken: ihre Familie. Sie hoffe, er werde es verstehen. Sie blockierte seine Nummer.

Und dann fuhr sie in den Urlaub, mit Edgar und den Kindern. Sie hatten ein Haus im Baskenland gemietet, nicht weit von da, wo Tina aufgewachsen war. Ein rotes Fachwerkhaus direkt am Ozean. Mit Kindern hat man nie richtig Urlaub; man muss sie anziehen, Schleifen binden, Windeln wechseln, baden, Fläschchen geben, mit ihnen spazieren gehen, ihnen Geschichten erzählen, ihren Schnulli finden, ihren *verdammten* Schnulli, fluchte Tina und ärgerte sich, vor ihnen Schimpfwörter zu benutzen, Gott sei Dank, sagte sie, können diese verdammten Kinder noch nicht sprechen. Auf alles zeigten sie mit dem Finger, fragten *Wasisdas*, und man musste alles benennen. Aber bald würde die Zeit des *Wa-um* kommen, und man würde alles erklären müssen. Im Moment drückten sie sich nur mit wenigen Silben aus, in belehrendem Ton, mit erhobenem Finger, als wären es Sinnsprüche. Bald würden sie Sätze bilden können, mit Subjekt, Verb, Objekt, und sie würden idiotische Geschichten erzählen, man würde ihnen zuhören müssen oder so tun, als hörte man ihnen zu, während man nur einen Wunsch hätte: sich ein bisschen Stille zu gönnen. Sie war nicht sicher, die Geduld zu haben, die nötig war, die Großzügigkeit, die Mäßigung, die nötig waren, das Verantwortungsgefühl, das nötig war, nein, keineswegs sicher, all diese Tugenden zu haben, die man Müttern zuschreibt. Sie tat, was sie konnte – so gut sie es konnte. Sie biss sich durch.

Das war es, Eltern sein: sich durchbeißen. Das war gleichzeitig anstrengend und wunderbar, vor allem am Anfang, als es hieß, nicht mehr zu schlafen und Tag und Nacht in der Scheiße zu wühlen und sich Nacht und Tag seine ganze Milch absaugen zu lassen, und trotzdem: Man begeisterte sich an einem Lächeln, war gerührt von einem ersten Zahn, lauerte auf das erste Wort, erwartete den ersten Schritt, fragte sich, was man vorher getan hatte mit all dieser Liebe, hatte man sie etwa schon immer in Reserve gehabt? Man war überzeugt, dass man sie fortan für immer haben würde.

Die Geburt der Zwillinge hatte in ihr einen Überlebensinstinkt ausgelöst und einen Mörderinstinkt entwickelt. Sie hob drohend den Finger und sagte: Ich könnte jedem, der ihnen auch nur ein Haar krümmt, mit der Gartenschere die Eier abschneiden. Das ist Mutterliebe, das versteht man darunter, *bedingungslos zu lieben*. Und du wirst nie wissen, wie sich das anfühlt, sagte Tina. Du kannst es niemals wissen: Solange nicht drei Kilo Fleisch von deinem Fleisch aus deiner Möse kommen und sogleich deine Liebe verzehnfachen, um sie ganz und gar mit Beschlag zu belegen, kannst du es nicht wissen. Die drei Kilo wogen inzwischen zwölf, zwölf mal zwei, und für Tina war seither Schluss mit lustig: Sie hatte eine *Seelenverantwortung*. Sie hatte diese Bürschlein von achtzehn Monaten, die sie mit dem Leben verbanden, die im Nebenzimmer übereinander schliefen, in einem Doppelstockbett. Und in ihrem eigenen Bett gab es den Vater ihrer Kinder, und in ihren Träumen gab es den, den man wohl ihren Liebhaber nennen musste. In ihr stritten sich widersprüchliche Gefühle, als wäre es möglich, zutiefst glücklich und zugleich entsetzlich unglücklich zu sein – mit dem einen zu sein, nicht mit dem anderen zu sein. Überall, immer schlich sich Vasco in ihre Gedanken, als wäre sie, des Besitzes ihrer selbst beraubt, nur noch von ihm besessen; er konnte ihr nicht schreiben, sie hatte dafür gesorgt, dass er es nicht konnte, und dennoch hoffte sie, inständig, dass er es täte, dass es ihm gelänge, es zu tun; sie wollte, dass er ihr schrieb, und grollte sich, es zu wollen.

Als er ihre Nachricht erhalten hatte, die, in der sie sich aus ihrer gemeinsamen Geschichte verabschiedete, hatte Vasco gedacht: umso besser; die Erinnerungen, die er an Tina hatte, dachte er, würden irgendwann abstumpfen; aber jeder fern von ihr verbrachte Tag schärfte sie noch mehr. Nachts lief er in der Hoffnung, sie abzuschütteln, durch die Straßen von Montmartre. Schlimmer als ihre Abwesenheit empfand er ihre Anwesenheit *ex negativo*: Sie war da, an jeder Straßenecke. In Erinnerung an jene Zeit würde er später *Die vier Jahreszeiten* schreiben:

Frühling
Kann ich Deine Augen nicht sehen
Sterben die meinen einen langsamen Tod
Zäh sind die Stunden und sie vergehen
Unwichtig, nichtig, herb und mit Not

Sommer
Ohne dich ist mir kalt und des Sommers Glut
Braucht keinen Ventilator
Ich weiß, dieses Frösteln ist völlig absurd:
Ich schlafe am Radiator

Herbst
Glaub's oder nicht – es ist zwar verfehlt
Vor Deiner Tür zu warten
Doch bist du nicht hier, bin ich entseelt
Wie totes Laub im Garten

Winter
Du bist nicht da, bist nicht in meiner Bleibe
Da hätten wir's warm, da könnten wir hocken
Betrachten durch des Fensters Scheibe
Den Schnee, der fällt in dicken Flocken

Er sagte: Ich bewundere, wie schnell sie ihre Frühlingskühnheit verleugnen und mit einem Fingerschnips von absoluter Leidenschaft zu radikalster Gleichgültigkeit gelangen konnte.

Er sagte auch: Sie hat mich geliebt, wahnsinnig geliebt, ohne einen Zweifel geliebt, dann plötzlich hat sie sich von mir abgewendet, hat mich aufgegeben, wie Rimbaud das Dichten aufgegeben hat.

Ich hatte alles, sagte er. Dann differenzierte er: Ich glaubte, alles zu haben, sie ist nicht gekommen, um eine Leere *auszufüllen*, sie ist gekommen, um eine zu *schaffen*.

Er sagte auch: Eine Trennung ist schlimmer als der Tod, man ist allein in seiner Trauer um einen Menschen, der noch lebt, den andere sehen und hören und riechen und berühren können.

Und schließlich sagte er: Man *weiß*, dass man ein Herz hat, dann kommt die Trennung und man *spürt*, dass man ein Herz hat.

Und wenn er sich die Brust hätte aufschlitzen und ihr sein Herz als Opfergabe zu Füßen legen können, ich glaube, er hätte es getan.

Ich glaube, er hätte es getan, aber er tat nichts, er sagte nichts, er fragte sich nur, wie man Worte dafür finden, wie man die unsagbare Erregung einer unmöglichen Liebe ausdrücken sollte, und als Philosoph schlussfolgerte er: *C'est la vie.*

Und was ist das Leben, sagte Vasco, wenn man einen Moment darüber nachdenkt? Kleines, vergängliches Glück, beherrscht von unergründlichem Kummer. Und trotzdem geht man weiter ins Büro, sagt den Kollegen Guten Tag und lacht über ihre Witze, trotzdem spielt man weiter die Komödie des Glücks, während man in Wirklichkeit eine Maske auf der Haut trägt, nicht immer, aber fast immer, nicht alle Menschen, aber fast alle Menschen, eine Maske, die eine zweite Haut ist, lachend und fröhlich über der anderen, vom Schmerz verzerrten.

Und das Schlimmste war nicht, traurig zu sein, nein, das Schlimmste war, nicht zu wissen, ob Tina es auch war: Geteilter Kummer ist halber Kummer. Aber diesen Trost hatte Vasco nicht, er wusste nicht, was ich wusste, er wusste nicht, dass Tina ständig an ihn dachte – das hatte sie mir zumindest offenbart, mich aber schwören lassen, Vasco nichts davon zu sagen.

Also habe ich nichts gesagt.

Fast nichts.

Ich habe nur gesagt, du solltest ihr schreiben. Ihr einen Brief schreiben.

Den Brief hat Edgar gefunden, als sie aus dem Urlaub zurückkamen, zwischen Werbung und Rechnungen, Zahlungserinnerungen, auszufüllenden Formularen – dem ganzen Scheiß, sagte Tina, der dem Leben seinen Abenteuercharakter nimmt und eine Irrfahrt durch den Papierkram daraus macht. Und zwischen diesem ganzen Scheiß war also ein Brief für sie, und Tina hat die Schrift auf dem Umschlag sofort erkannt, dieselbe eifrige, fast kindliche Schrift wie die da, habe ich gesagt und auf das Heft mit den Gedichten gezeigt.

Seit *Zweieinhalb Tage in Stuttgart*, seit dem Molière für die beste weibliche Nachwuchsdarstellerin, bekam sie zwei, drei Mal im Monat Briefe von Leuten, die sie im Theater hatten spielen sehen: Deine Bewunderer, brüstete sich Edgar mit ehrlichem Stolz, ehrlich stolz, wie er war, das Bett mit einer bewunderten Schauspielerin zu teilen, und das war es, das war zweifellos der Brief eines Bewunderers, hat sie zu glauben vorgegeben und ihn hastig in die Tasche gesteckt, die Hand auf der Brust, um das Rasen ihres Herzens zu bändigen. Und als sie später, im Bad, endlich allein war, hat sie den Umschlag geöffnet und den Brief gelesen, langsam, Zeile für Zeile, bis zum Postskriptum, in dem Vasco sie nur bat, ihm, *in welcher Form auch immer*, eine Empfangsbestätigung zu geben. Tina saß da, den Brief in der Hand, vielleicht eine Minute lang, und dann …

Dann hat sie den Brief geküsst, vollendete der Richter meinen Satz, als hätte er die Fortsetzung vorweggenommen, als hätte er in meinen Gedanken gelesen oder durch den Vorhang gesehen, wie Tina ein wenig Lippenstift auftrug, den Brief gegen den Spiegel drückte und ihn küsste, ihn mit Küssen übersäte, ihn dann wieder in den Umschlag steckte, mit der Zungenspitze darüberfuhr, um ihn mit Speichel zu verschließen, und ihn dann an der einzigen Stelle versteckte, bei der sie sicher war, dass Edgar ihn nicht anrühren würde, eine Schachtel mit Binden. (Der Richter hatte den gefalteten Brief zwischen zwei Seiten von Vascos Heft gefunden.)

Denn Tina hatte ihn am nächsten Tag an den Absender zurückgeschickt, und am übernächsten Tag hatte sie die Blockierung seiner Nummer aufgehoben. Sie verbrachte den Abend mit Edgar, sie und er im Wohnzimmer, sie auf dem Sofa ausgestreckt, ein Glas in der Hand, ihr Handy in der anderen, die Kopfhörer in den Ohren, er im Unterarmstütz auf dem Teppich. Sie hatte Vasco gerade eine Nachricht geschickt, ich habe dir den Brief zurückgeschickt, hatte sie ihm geschrieben, dann hatte sie hinzugesetzt, du nervst mich, du häutest mich, ich bedecke dich mit Küssen. Und Vasco hat geantwortet, heißt das, wir sehen uns wieder? Und Tina hat geschrieben, das Gegenteil scheint mir unsinnig: Ich kann mir kein Leben mehr vorstellen, ohne dir begegnet zu sein. Und Vasco hat geantwortet, sehen wir uns jetzt! Und Tina hat geschrieben, unmöglich heute Abend. Und Vasco hat geantwortet, lass mich wenigstens deine Stimme hören, wo bist du, kann ich dich anrufen? Und Tina hat geschrieben, zu Hause, aber nicht allein, ich kann nicht mit dir sprechen. Und Vasco hat gesagt, drauf geschissen, ich ruf dich an – was er getan hat.

Er hat sich in einen feurigen Monolog gestürzt, er hat ihr mit winzigen Variationen wiederholt, was er bereits in seinem Brief geschrieben hatte, er hat ihr gesagt, dass er den schlimmsten Sommer seines Lebens verbracht hatte, dass er jede Nacht von ihr geträumt hatte, geträumt, er sei an ihren Körper genagelt, wie ein Gekreuzigter an sein Kreuz, und dieses Kreuz, hat er hinzugefügt, habe er jeden Tag getragen während ihrer Abwesenheit, die ihm unerträglich erschienen sei, das sagte Vasco, und Tina, die Kopfhörer in den Ohren, zwei, drei Meter von Edgar im Unterarmstütz und auf den Zehenspitzen entfernt, Tina, die nichts sagen konnte, blieb stumm, sie war stoisch dem Anschein nach, aber alles in ihr war Sturm, sie hörte zu, wie Vasco ihr wiederholte, er sei nicht bereit, sich mit einem Leben ohne sie abzufinden, ein Leben ohne sie erscheine ihm unlebbar, und Vasco, der nichts hörte außer Tinas Atem, aber dennoch etwas wie eine unaussprechliche Verwirrung spürte, nicht im Tonfall ihrer Stimme, sondern in der Modulation ihres Atems, sagte ihr zum ersten Mal, dass er sie liebe, drei Mal hat er es wiederholt, ich liebe dich, ich liebe dich, ich liebe dich, dann legte er auf.

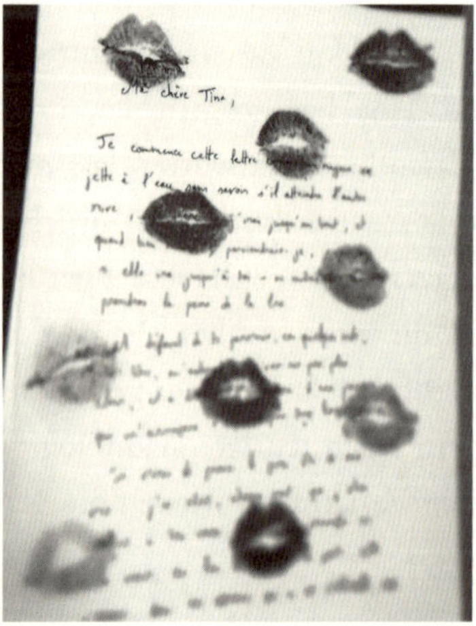

10

Vorbei schon Mitternacht in einer Hipsterbar
Du kamst hereingestürmt die Türe war noch offen
Auf jedem Tisch ne Kerze auf manchen gar ein paar
Die Kellnerin jedoch schon müde und besoffen

Da standst du nun vor mir in Stiefeln Jacke Rock
Der Rock war dunkelblau die Jacke die war ocker
Die Stiefel schwarz und rot für mich ein echter Schock
– Ein Zauber war am Werk und ich fiel fast vom Hocker

Mit mädchenhaftem Schwung bewegtest du dich vor
Du gabst mir einen Kuss und riefst dann *Qué calor!*
Die Flamme eines Dochts entzündete die Jacke

Du sagtest was passierte das musste wohl passiern
Und so bleibt mir zuletzt als einzges Souvenir
Der Liebe fahler Rest: ein Ärmel braun mit Macke

Endlich!
Wie, endlich?
Ein Sonett, sagte ich. Ein gutes bodenständiges Sonett.
Mit dem Sonett ist es ein bisschen wie mit der ehelichen Liebe: Die Schönheit erwächst aus den der Sache eigenen

Zwängen. Im Falle des Sonetts: unveränderliche Anzahl von Versen, unveränderlich verteilt auf zwei Quartette, gefolgt von zwei Terzetten, gleiche Anzahl von Silben in jedem Vers, abwechselnd weibliche und männliche Reime und so weiter. Im Falle der ehelichen Liebe: Mühsal der täglichen Zweisamkeit, unvermeidlicher Routineeffekt, ausufernde Ausbreitung des Trivialen und so weiter. Und *dem zum Trotz* muss man Schönes, ja Überwältigendes daraus ziehen – und andererseits ist das so Berauschende, aber auch ein wenig Billige beim freien Vers und beim Ehebruch, dass einem die Aufhebung von Zwängen das Gefühl einer höchsten, absoluten Freiheit verleiht, ganz trunken von sich selbst. Was aber ist nun die Freiheit wert, habe ich gefragt, ohne die Zwänge, die sie einschränken? Sie haben drei Stunden Zeit.

Aber der Richter hat kaum gelächelt – bestimmt war er in Philosophie keine Leuchte gewesen.

Ist Ihnen aufgefallen, dass er fast vollständig auf Zeichensetzung verzichtet?, hat der Gerichtsschreiber sich zu fragen erlaubt.

Gut bemerkt, habe ich gesagt. Wie bei seinem Gedicht, das mit *Wir hatten als Zuhause die Nacht* beginnt – das übrigens, nebenbei bemerkt, von einem Aragon-Vers abgeleitet ist, aber lassen wir das. Es gibt sich modern und das ist es auch – mit einem Jahrhundert Verspätung: Apollinaire verzichtete bereits 1912 in *Alcools* auf Kommas.

Wozu?, wollte der Gerichtsschreiber wissen.

Wozu was?

Auf Kommas verzichten?

Also wirklich, Vuibert, ereiferte sich der Richter, wozu welche setzen? Der Rhythmus selbst und die Zeilenenden dienen als Interpunktion – das sagte Apollinaire, präzisierte der Richter, woraufhin er sich erhob und zum Fenster ging, hören Sie, Vuibert, sagte er, hören Sie, und er begann, *Le pont Mirabeau* zu deklamieren.

Auswendig.

Von Anfang bis Ende.

Mit geschlossenen Augen.

Mit Tränen in den Augen.

Dann fragte er uns, mögen Sie Apollinaire?

Er, ja. Bei ihm war Mögen noch untertrieben. Und nach einer Stille: Wissen Sie, wann er gestorben ist?

Und er erzählte uns, wie Guillaume Apollinaire am 9. November 1918, als die Pariser durch die Straßen zogen und »Weg mit Guillaume! Weg mit Guillaume!« riefen, nicht wusste, ob der Volkszorn Kaiser Wilhelm II. galt, der gerade abgedankt hatte, oder ihm, er sich im Zweifelsfall aber lieber dem Volkswillen fügte und sich in seiner kleinen Wohnung am Boulevard Saint-Germain von der Spanischen Grippe dahinraffen ließ. Amüsant, nicht wahr?

Gut, fuhr der Richter dann fort und klatschte in die Hände. Machen wir weiter. Also, dieses Gedicht. Was noch? Sagen Sie es mir. Sagen Sie mir alles.

Und ich hätte ihm ja gern alles gesagt, aber diese Verse hatten nun wirklich nichts Elliptisches, da gab es kein zu lösendes Rätsel, keine verborgene Bedeutung, die ich hätte aufspüren können, also habe ich mich, anstatt die Sache vom Kern her zu behandeln, an die Form gemacht. Ich habe meine kleine Exegese von Vascos Sonett wieder aufgenommen. Eine Neuerung sei hier der Reim vor *calor* im ersten Terzett, zwei Wörter, die zwei unterschiedlichen Sprachen entstammen. Wobei man das, sagte ich, dem Autor ebenso zugutehalten wie vorwerfen kann: Man kann einen ausgeprägten Formwillen darin sehen und die unleugbare Originalität eines polyglotten Dichters oder, *a contrario*, der Ansicht sein, dass eine zu arme Fantasie und ein zu beschränktes Vokabular ihn gezwungen haben, als letzten Ausweg Hilfe in einer Fremdsprache zu suchen, um dort den Reim ausfindig zu machen, der den Nagel auf den Kopf trifft.

Spricht Ihr Freund Spanisch?, fragte der Richter.

Claro, sagte ich.

Und Tina?

Tina kann nur *Tequila* sagen. Und *hijo de puta*, fügte ich hinzu, weil Tina die meiste Zeit in einer Fremdsprache fluchte. Tina sagte *hijo de puta*, *motherfucker*, *vaffanculo* oder sogar, ihr Liebling: *holy motherfucking shit*. Nun kenne ich Tina ein bisschen, und da ich sie kenne, wie ich sie kenne, kann ich Ihnen versichern, dass sie, als sie sah, wie ihre Jacke an der Flamme der Kerze Feuer fing, nicht *qué calor* sagte, sondern eher: *holy motherfucking shit*, ich brenne – aber das hat Vasco nicht in sein Gedicht gebracht.

Hineingebracht hat er, was er wollte. Nämlich, dass Tinas Jacke ocker war, dabei war die Jacke grau, und übrigens ist sie es noch, ein sehr dunkles Grau, ein Grau, das ins Schwarz geht – Anthrazit, genau. Aber wenn er geschrieben hätte, »Der Rock war dunkelblau die Jacke die war anthrazit«, hätte der Vers zu viele Silben gehabt, der Rhythmus wäre zerstört, der Alexandriner keiner mehr und das Sonett würde den Bach runtergehen. Diese Jacke mag im echten Leben noch so anthrazit sein – wenn sie im Gedicht ocker ist, nun, dann weil sie ocker ist, weil die Poesie sich gegen das echte Leben durchsetzt. Und übrigens, wer sagt uns, dass der Tisch des *Cabaret-Vert* von Rimbaud grün war? Jeder weiß, dass die meisten Tische zu jener Zeit aus Eichenholz waren, und jeder weiß, dass Eiche nicht grün ist, sondern braun, von einem eher hellen Braun. Aber da Rimbaud ihn grün gesehen hat, sehen wir ihn heute so.

Der Wohnzimmertisch bei Edgar und Tina war weder braun noch grün, sondern rot. Ein rechteckiger Tisch aus leuchtend rotem Resopal. Das weiß ich, weil ich ihn an dem Abend gesehen habe, an dem Tina mich zum Essen eingeladen hatte – dem Abend, an dem ich Edgar kennenlernte. Ich war ein bisschen zu früh. Edgar war noch im Büro, er würde gleich kommen, hatte Tina mich wissen lassen, die ich in der Küche angetroffen hatte, wo sie gerade die Zubereitung eines mit Cognac flambierten Hühnerfrikassees beendete. Setz dich ins Wohnzimmer, sagte sie mir, im Schrank steht zwölf Jahre alter schottischer Whisky, schenk dir ein Glas ein, sag mir, wie du ihn findest. Ich hängte meine Jacke an den Kleiderständer am Eingang, neben Tinas beige-anthrazitfarbene Jacke, und ging ins Wohnzimmer – das Gegenteil der von der Zeit verordneten minimalistischen Einrichtung: keine nackte Wand, keine klaren Linien, sondern vom Boden bis zur Decke Hunderte, Tausende Bücher, die aufs Geratewohl eingeordnet schienen, weder nach Genre noch nach Verlagen, noch alphabetisch, sondern der subjektiven Planung entsprechend, die Tina Sympathieindex nannte. Oben links das, was sie vergötterte, das heißt unter einem gebieterischen Diktat geschriebene Romane, verfasst mit einem ständigen *memento mori* im Kopf, als würden sie ihren Autor töten, als würde der Tod ihn packen, sobald sein Manuskript beendet wäre, kurz gesagt, so geschrieben, wie Romane immer geschrieben werden sollten: im Bewusstsein, dass man niemals etwas anderes hinterlassen wird als posthume Zeilen. Den Tod vor Augen, das erwartete sie von einem Schriftsteller: dass er schreibt, wie man ein Testament verfasst, indem man dem Tod ins Auge sieht. Die also standen auf den oberen Regalbrettern, dann kamen Werke, deren Qualität – wie Tina sie ihnen zuschrieb – nach und nach abnahm, je weiter man sich nach rechts bewegte, bis ganz unten, in der ganz entgegengesetzten Ecke, wo sich schließlich das befand, was sie als mittelmäßig, ja dürftig ansah, bräsige Sammlungen von Gedichten mit lahmen Reimen in freien Versen, rührselige Lebensgeschichten mit unechten Gefühlen, gut vermarktete *page-turner* für ein breites Publikum, als Romane verkleidete Netflix-Drehbücher, Romane, bei denen der Stil in die zweite Reihe verbannt und nie Absicht ist, sondern ein Mittel unter vielen, um eine Geschichte zu erzählen, plattitüdenbeladene Krimis, *feel-good books*, die ihr vor allem Lust machten, sich in die Seine zu stürzen, kleine harmlose, unbedeutende Texte, lauter Mist, fasste Tina zusammen, und unter all dem Mist, der seinen Platz nur ganz rechts unten, in den Abgründen ihrer Bibliothek hatte, war ich auf meinen ersten Roman gestoßen, ihr »in tiefster Freundschaft« gewidmet. Ich konnte es mir nicht verkneifen, Tina darauf hinzuweisen, aber Tina ließ sich nicht aus der Fassung bringen: Das sei, erklärte sie mir, das Brett, das den von ihren Freunden geschriebenen Büchern vorbehalten sei – »Ach so«, sagte ich, »das beruhigt mich«, und tat so, als glaubte ich, sie wäre mit Ernest Hemingway befreundet, von dem ein schwerfällig akademischer kleiner Roman neben meinem stand. So wie Hemingway es getan hätte, leerte ich meinen Whisky in einem Zug.

Edgar kam nach Hause, mit seiner Daunenweste und mit Adrien, einem Kollegen aus dem Ministerium. Zweiunddreißig, bereits weit fortgeschrittene Kahlköpfigkeit, ein so hervortretender Adamsapfel, dass er in der Kehle Jojo zu spielen schien, und eine Stelle als Informatiker bei der DGFiP, der Allgemeinen Verwaltung der Öffentlichen Finanzen. Adrien war mir sofort unangenehm – wegen seiner hochmütigen Miene, seiner affektierten Art, dem schreckhaften Zittern seiner Lippen oder vielleicht seiner Gewohnheit, jeden Satz mit belehrendem Schweigen zu unterbrechen: Man wusste nicht, ob es Ausdruck eines metaphysischen Schwindels oder ein saures Aufstoßen war.

Vier Jahre zuvor hatte er einen historischen Roman veröffentlicht. Nun gibt es etwas, das schlimmer ist, viel schlimmer, als nicht veröffentlicht zu werden: veröffentlicht zu werden, sein Manuskript einem Verlag zu schicken, einen Anruf zu erhoffen, ihn von ganzem Herzen zu erhoffen, diesen Anruf zu erhalten und zu jubeln, zum ersten Mal sein Buch in den Händen zu halten, mit dem eigenen Namen in großen Lettern auf dem Umschlag, mit dem eigenen Konterfei auf der Banderole, die Rezensionsexemplare zu signieren, zwei Tage seines Lebens zu opfern, das Buch für einhundertfünfzig Journalisten mit Widmung zu versehen, jedem ein paar persönliche Zeilen zu schreiben, Wunderdinge davon zu erhoffen und dann auf den Tag X zu warten, an dem das Buch endlich auf den Buchhandlungstischen ausliegen wird, an dem man endlich bekannt und anerkannt wird, an dem die Leser die Anstrengungen und Mühen gutheißen werden, und am Tag X und auch an den folgenden geschieht nichts: Das Buch ist nirgendwo zu finden, die Buchhändler haben es nicht bestellt oder sie haben es bestellt, aber es liegt nicht auf den Tischen, es ist ins Regal geräumt oder in die Kartons, ein Monat, zwei Monate vergehen und schon wird es eingestampft, dieses Buch, in das man das Beste von sich gesteckt hat. Also stellt man fest, dass dieses Buch nichts ist, dass es genauso gut nicht hätte existieren können, man sagt sich, dass man selbst nichts ist, nicht mehr als dieser Haufen von Seiten, der keinerlei Resonanz in der Presse gefunden hat, nicht einmal eine kurze Notiz in einem Lokalblatt, nicht einmal einen Blogeintrag, und von dem alles in allem zweiundvierzig Exemplare abgesetzt wurden.

Das mit den zweiundvierzig Exemplaren hatte Adrien erfahren, als er seine Honorarabrechnung erhalten hatte: ein DIN-A4-Blatt mit dem Namen seines Verlegers, dem Titel seines Romans, dem Erscheinungsdatum, der gedruckten Auflage, den Nettoverkäufen und den Remittenden. Das alles hatte Adrien gelesen, er hatte gelesen, Nettoverkäufe = 42, er hatte sich erinnert, dass seine Eltern zwanzig Exemplare bestellt hatten, die sie für die Onkel und Tanten zu Weihnachten unter den Baum gelegt hatten, auch für die Cousins, dass er selbst zehn Exemplare gekauft hatte, um sie den Kollegen der DGFiP zu schenken (die meisten hatten es nicht gelesen, ihn aber den Schreiber genannt, dann war der Schreiber durch eine unerwartete semantische Verschiebung zum Kleiber geworden, und so nannte man ihn seither im Ministerium, den Kleiber), und der Kleiber hatte gerechnet: 42 – 20 – 10 = 12. Zwölf Personen hatten seinen Roman gekauft. Er hatte überlegt, sie ausfindig zu machen, jeder einzelnen einen Besuch abzustatten und ihr persönlich zu danken, bevor er der Literatur endgültig Adieu sagen würde.

Aber er hatte ihr nicht Adieu gesagt und sich wieder an die Arbeit gemacht. Nun gibt es Schlimmeres, als zu sehen, wie der erste eigene Roman vollständig unbemerkt bleibt – nämlich einen zweiten zu schreiben, drei Jahre lang alle Wochenenden und Urlaube darauf zu verwenden, dann dem Verleger, der einen inzwischen vergessen hat, sich nicht einmal mehr an den Vornamen erinnert und einen Aurélien nennt, ein Manuskript zu übergeben, zwei Monate zu warten, bevor eine Antwort kommt und all das wozu?, um sich anzuhören, es tue einem sehr leid, mein lieber Aurélien, aber der Roman ist nicht ausgereift, wir werden ihn nicht veröffentlichen, sich schließlich an einen anderen Verleger zu wenden, dann einen anderen, dann noch einen anderen – und nichts als Absagen zu kassieren.

Adrien sah es nicht ein. Schließlich hatte Gallimard

auch Proust abgelehnt … Und es hatte Apollinaire und Verlaine und Rimbaud gegeben: Dass heute vielgerühmte Genies zu Lebzeiten verkannt geblieben waren, tröstete ihn. Und vielleicht wirkte ja auch er für die Nachwelt, vielleicht würde er, wenn nicht in diesem Leben, im anderen den berauschenden Duft des Ruhms atmen. Trotzdem war er entschlossen, einen Verleger zu finden. Ob ich mich nicht rein zufällig zu seinen Gunsten verwenden könne? Schließlich, hatte Adrien vorgebracht, hätte ich ja selbst ein paar Bücher veröffentlicht (zwei, mit relativem, aber dennoch wachsendem Erfolg, das letzte war sogar gerade ins Albanische übersetzt worden – worüber ich zunächst stolz gewesen war, bevor ich dachte, dass diese Veröffentlichung nur die Masse meiner potenziellen Nicht-Leser vergrößerte: Es gab siebenundsechzig Millionen Menschen, die mich nicht lasen, von nun an würde es dreiundsiebzig Millionen geben, aber es hatte mir die Freude einer Einladung zur Buchmesse in Pristina eingebracht, von wo ich mit dem zweiten Preis nach Hause gekommen war, einer kleinen Reiterstatue von Georg Kastriota Skanderbeg (1405–1468), zum Nationalhelden erklärt, weil er dem Osmanischen Reich Widerstand geleistet hatte). Ich hätte also mehrere Bücher veröffentlicht, ich müsste daher wohl diesen und jenen kennen, und außerdem habe ich Ihnen mein Manuskript mitgebracht, sagte Adrien und zog einen Packen Papier aus seinem Aktenkoffer, genau in dem Moment, in dem die Musik zu spielen aufhörte.

Wir tranken den Aperitif im Wohnzimmer, ohne Tina, die immer noch in der Küche war. Auf dem roten Resopaltisch hatte sie nachlässig ihr Telefon liegen lassen, das über einen Klinkenstecker mit einem Lautsprecher verbunden war, aus dem Musik kam – *La nuit je mens*, von Bashung. Aber mit einem Mal verstummte Bashungs Stimme, und es ertönte im Zimmer eine universelle Melodie, die Melodie, die man standardmäßig auf iPhones hört, denn es war tatsächlich Tinas iPhone, das klingelte, mit einem Klingelton, den die Lautsprecher verstärkten wie eine moderne Sturmglocke: Oben auf dem Bildschirm erschien in weißen Buchstaben auf schwarzem Grund der Vorname Vasco. Autsch, habe ich gedacht. Tina und er sahen sich immer häufiger, an immer unterschiedlicheren Orten, nicht mehr nur in Eingangshallen oder Cafés. Vorbei die Zeit der Umarmungen zwischen zwei Türen. Unbefriedigend, die kurze Raserei dieser heimlichen Stunden. Sie brauchten ganze Nächte und das Erwachen nebeneinander in der immer wieder erneuerten Herrlichkeit des Morgens. Die Zeit der Hotels war gekommen.

Drangegangen ist Edgar. Er sagte Hallo, worum geht es? Und ich dachte, mein Lieber, wenn du wüsstest, es geht um deine Frau: Er wird sie morgen treffen, um die Nacht mit ihr zu verbringen. Vasco aber, nicht verrückt, wiederholte einfach nur Hallo, Hallo, mehrere Male, als hätte sein Telefon kein Netz mehr, und legte auf, während Tina das mit Cognac flambierte Hühnerfrikassee aus der Küche hereintrug. Du hattest einen Anruf, sagte Edgar, der nicht für fünf Cent argwöhnisch war, ein gewisser Vasco, aber wir sind unterbrochen worden. Tina hätten die Gesichtszüge entgleisen, sie hätte bleich werden, etwas stammeln können, den Ansatz einer Erklärung, hätte zusammen- oder in Tränen ausbrechen können, aber nein, Tina blieb gelassen: Schon wieder der Typ von der BnF, dieser Michel Vasco, der ständig bei ihr nachfrage, ob sie dort eine öffentliche Lesung mache, was für eine Frechheit, um diese Zeit zu stören, sie werde ihn morgen zurückrufen, um ihm klar zu sagen, was sie davon halte, also, wer möchte Huhn? (Sie hatte ihren Molière nicht geklaut.)

Edgar flößte mir zartes Mitleid ein. Seine Naivität, seine Arglosigkeit waren so groß, dass man glauben konnte, er wäre eingeweiht in Tinas Untreue. Jener Abend war etwas demütigend für ihn, der von nichts wusste, etwas peinlich für mich, der alles wusste und so tat, als wisse er nichts, und unangenehm für Tina, die stumm unter den Qualen litt, die ihr Gewissen ihr bereitete – aber eigentlich habe ich keine Ahnung, ich kann mich irren und Tina empfand an dem Abend nicht die geringsten Gewissensbisse, vielleicht dachte sie ja sogar schon an den nächsten Tag. Am Donnerstagmorgen zog sie sich in der Tat mit dem Gedanken an, dass Vasco sie am selben Abend ausziehen würde, dass er zunächst eine Hand unter ihren Pullover schieben würde, um ihren BH aufzuhaken, und dann würde er sie auf den Hals küssen, auf die Brüste, würde ihre Jeans aufknöpfen, ihr Geschlecht streicheln, einen Finger hineinstecken, vielleicht zwei, bis zum zweiten Fingerglied, und dann würde er sie aufs Bett legen, auf den Bauch, sie würde sich etwas krümmen, den Kopf ins Kopfkissen vergraben, schon gut, wir haben's verstanden, und sie würden die Nacht zusammen verbringen.

Tina schützte Proben in Lille vor, ein Stück, das sie im Théâtre du Nord spielen sollte. Jeden Donnerstag nahm sie den 20.22 Uhr nach Lille Europe mit Umsteigen in ein Hotelzimmer in Paris, denn sie wollte niemals *bei* Vasco schlafen. Der Richter hatte eine Durchsuchung der Wohnung durchgeführt, unnötig, sie ihm im Einzelnen zu beschreiben: Er kannte das Haus, das Haus in der Rue des Saules, direkt neben der Maison Rose. Er hatte das eher dunkle Erdgeschoss gesehen, den Marmorkamin und den Kronleuchter, die Leseecke und das winzige Bad, das deutlich größere Bad im oberen Stockwerk, neben dem Schlafzimmer, in dem er nur ein Bett aus Kirschbaumholz, einen Schreibtisch und Bücher gefunden hatte. Ich habe nie so recht verstanden, wie Vasco dieses Haus ergattert hatte, siebzig Quadratmeter, die ihn nicht viel mehr kosteten als eine Dienstmädchenkammer: Er vermietete es an ausländische Touristen weiter, die sich für dreihundert die Nacht einen kleinen Traum leisteten, eine Postkarte, das Montmartre von Pablo Picasso (*Cosy house in the Paris of Pablo*, so lautete die Überschrift seiner Airbnb-Anzeige).

Jetzt, da er ihr seine Liebe gestanden hatte, fragte sich Vasco, ob sie irgendwann die ihre offenbaren würde. Eines Abends, als sie auf den Stufen der Kirche saßen, die an das Panthéon angrenzt, eine Flasche in der Hand, aus der sie abwechselnd tranken, hatte sie gesagt, was Coco Chanel zu sagen pflegte, ich trinke nur bei zwei Gelegenheiten, hatte Tina gesagt: wenn ich verliebt bin und wenn ich es nicht bin.

War sie es? Konnte Vasco mit der Gegenseitigkeit der

Liebe rechnen, die er für sie empfand? Würde sie ihm die Liebe gestehen, um die er heimlich bettelte? Er hatte ihr die Frage gestellt, und jetzt, hatte Vasco gefragt, bist du jetzt verliebt? Sie hatte nicht geantwortet. Sie trank, was noch in der Flasche war, dann führte sie Vasco in eine abgelegene Straße, eine dieser dunklen und verlassenen Straßen, die flüchtige Paarungen und schändliche Verbrechen begünstigen, und an eine Hauswand gelehnt, öffnete sie hastig die Knöpfe ihrer Jeans, drückte Vascos Hand zwischen ihre Beine und forderte ihn auf, sie so zu nehmen, im Stehen, los, mach, hier, sagte sie mit herausfordernder Miene, und natürlich gab es da die Wirklichkeit – die Straße, Leute, die vorbeikommen, die sie sehen, Anstoß nehmen, sie anzeigen konnten, irgendeinen Paragrafen des Strafrechts, der die Erregung öffentlichen Ärgernisses unter Strafe stellte, und den Richter, der sie aufgrund dieses Paragrafen zu einer Geldstrafe verurteilen konnte, vielleicht sogar einer Gefängnisstrafe, wenn er ungnädig war –, es gab also die Wirklichkeit, die zu Vorsicht mahnte und befahl, nichts zu tun, aber es gab auch Tinas Lust, es gab *vor allem* Tinas Lust, die gierig und heftig war, eine gebieterische Lust, der man sich nicht so leicht entziehen konnte: Tina ordnete die Wirklichkeit ihrer Lust unter.

Du bist verrückt, hatte Vasco gesagt.

Verrückt, nach dir verrückt zu sein, hatte sie geantwortet.

Und dann hinzugefügt:

Das ist von mir.

Und sei still.

Und mach mit mir, was ich will.

11

Eines Donnerstagmorgens hatte Tina unter dem Vorwand, über die Hochzeitsvorbereitungen zu reden, ihre Schwiegermutter angerufen. Die beiden hatten sich noch nie leiden können. Edgars Mutter warf Tina Oberflächlichkeit und Extravaganz vor, das, was sie ihre Schauspielerinnenlaunen nannte, und Tina sah in ihrer Schwiegermutter nichts als eine Frömmlerin mit rückständigen Vorstellungen, die ein perfides Vergnügen daran hatte, ihr gegenüber ständig ungefällige Bemerkungen zu machen. Sie war eine große magere Frau, die in ihrem Leben nie gearbeitet hatte, die Franzosen faul und das Renteneintrittsalter verfrüht fand und die sich aufplusterte, wenn sie von dem Winter erzählte, in dem sie in den Straßen von Manosque gegen die Ehe für alle demonstriert hatte, als hätte sie die Freiheit auf den Barrikaden verteidigt. Eine blöde Kuh, lautete Tinas Zusammenfassung.

Sie hatten über Tischordnung, Petits Fours und Weinauswahl gesprochen und im Laufe des Gesprächs hatte Tina eingeflochten, wie groß die Zwillinge in letzter Zeit doch geworden seien und dass auch ihr Wortschatz immer umfangreicher werde: So würden sie ständig nach ihrer Omama rufen. Omama war gerührt; noch am selben Abend lud sie die Familie zu sich in die Vaucluse ein. Über die Aussicht, zwei Nächte bei seiner Mutter zu verbringen, war Edgar zunächst wenig begeistert gewesen, aber da Tina darauf bestand, sahen sie nach den Zugverbindungen, nach den Preisen, und Mist, sagte Tina, nachdem Edgar die Fahrkarten gekauft hatte – kein Umtausch, keine Stornierung –, meine Lesung in Senlis! Am Samstagnachmittag musste sie zu einer musikalischen Lesung, weißt du, die Lesung mit der Opernsängerin, in der Abbaye Saint-Vincent, aber nein, Edgar wusste nichts, doch, doch, erinnere dich, da ist sogar eine Pianistin dabei, aber nein, Edgar erinnerte sich nicht, sie hatte ihm nie gesagt, dass sie einige *Fragmente einer Sprache der Liebe* in Senlis lesen sollte, daran hätte er sich erinnert, denn so was vergisst man doch nicht, verdammt, eine Lesung mit einer Pianistin und einer Opernsängerin. Na, dann würde er eben allein mit den Zwillingen fahren.

So war Tina vorgegangen, um sich ein ganzes Wochenende in Gesellschaft von Vasco zu genehmigen.

Sie hatte ein Hotel im Pariser Osten ausgesucht, weniger der Gegend als des Namens wegen: Arthur Rimbaud. In einer Wochenzeitung hatte sie einen Artikel über »literarische Hotels« gelesen, eine Kette von Luxushotels, komfortabel und modern, hieß es in dem Artikel, in denen alles, vom Standort bis zur Einrichtung, dem Werk und der Welt eines Schriftstellers gewidmet war. Zunächst hatte es das Swann gegeben, im 8. Pariser Arrondissement, wenige Straßen vom Boulevard Haussmann 102 entfernt, wo Proust die *Recherche* geschrieben hatte, dann das Hotel Gustave

Flaubert in Rouen, das Hotel Alexandre Vialatte in Clermont-Ferrand, das Hotel Marcel Aymé in der Rue Tholozé in Montmartre und schließlich das Hotel Arthur Rimbaud, das erst vor kurzem eröffnet worden war.

Unter falschem Namen hatte Tina für zwei Nächte reserviert. Am Freitagabend hatte sie Edgar und die Kinder zur Gare de Lyon gebracht, sie am Bahnsteig umarmt, und anstatt umzukehren, anstatt nach Hause zu fahren, war sie zum Hotel gelaufen, in dessen Bar Vasco sich mit dem Direktor unterhielt, der ihm gerade ein Glas Absinth eingeschenkt hatte.

Siebenundsechzig Prozent. Das ist Feuer, das einem durch die Adern rinnt; es macht anfällig für Vertraulichkeiten. Bei siebenundsechzig Prozent öffnet sich das Herz und lösen sich die Zungen. Vor allem die von Tina, von Tina, die eine Familie hatte, zwei Kinder, einen Vater zu den Kindern, der bald schon ihr Ehemann sein würde, ihr Ehemann, den sie liebte, denn sie liebte ihren Mann, ich liebe ihn, sagte sie, ja, wirklich, ich liebe ihn, wiederholte Tina vor Vasco, dem sie auch sagte, dass das mit ihr und ihm im Vergleich nichts sei, du und ich, das ist nichts, unendlich klein im Vergleich mit dem, was ich mit ihm aufgebaut habe, und doch ist es dieses Nichts, das mir keine Ruhe lässt, das mich umtreibt, das an mir nagt, sagte Tina jetzt dem Hoteldirektor und ließ sich Absinth nachschenken, das ist alles absurd, wahnwitzig, unsinnig, fuhr Tina fort, die den Schnaps trank, der brannte wie ihr Leben.

Sie waren seit einer guten halben Stunde dort, als der Direktor sich von ihnen verabschiedete und ihnen einen

Rabattgutschein schenkte – siebzig Prozent Rabatt auf ein Zimmer, zu verwenden in den nächsten sechs Monaten, denn mit Rabattgutscheinen ist es wie mit der Liebe: Sie tragen ein Ende, ein Verfallsdatum in sich, das Entlieben gehört zur Liebe wie das Ablaufdatum zum Rabattgutschein, mit dem Unterschied, dass auf dem Gutschein alles klar ist, alles steht da schwarz auf weiß, man weiß auf den Tag genau, wann er abläuft, was bei der Liebe niemals der Fall ist.

Das Hotel verfügte über zweiundvierzig Zimmer, jedes trug außer einer Nummer den Titel eines Gedichtes von Rimbaud, den Namen einer Stadt, durch die er gekommen war – Aden, London, Harar und so weiter –, oder den Namen derer, die ihn gekannt hatten, ihn bei seinem Vornamen gerufen hatten, in der Zeit, als er nichts als ein junger Mann mit verstrubbelten Haaren war, der Dichter sein wollte, also *Sehender*, also *Feuerdieb*, und noch nicht dieser einschüchternde Mythos, den wir heute Arthur Rimbaud nennen. Tina hat gefragt, ob das Zimmer 42 – Paul Verlaine – frei sei, das war es. Es befand sich im vierten Stock neben dem Zimmer Georges Izambard. Die Fahrstuhltür schloss sich vor einem Vierzeiler aus dem *Bateau ivre* an der Wand, und von da an weiß ich nicht viel, außer dass sie zwei Nächte und einen Tag in diesem Hotelzimmer verbrachten, ohne zu frühstücken, dabei war das inklusive. Von da an ist das also eine Geschichte entflammter Leiber, die sich verwöhnten, durch die Nacht tobender Herzen, niemals gesättigter Zungen und Lippen, immer wieder angefachten Fiebers, und als ich das sagte, sah ich, wie der Gerichtsschreiber die Augen verdrehte – für leidenschaftslose Seelen ist Leidenschaft obszön.

Also habe ich meine für einen Moment geschlossen. Im Büro des Richters schloss ich die Augen und versuchte, mir Vasco und Tina in der ersten Nacht in ihrem Hotelzimmer vorzustellen, Vasco bereits nackt, Tina im Höschen, das sie abstreift und in der Hand behält. Sie dreht sich um, bückt sich, sie bietet ihren Hintern dar und sagt ihm, er solle sie so nehmen, während Edgar in der Vaucluse in seinem Kinderzimmer unter die Decke schlüpft. Alles in allem gar keine schlechte Idee, dieses Wochenende bei seinen Eltern. Morgen würde er mit den Zwillingen nach Manosque fahren und sie würden zu McDonald's gehen. Die beiden liebten McDonald's, und dann würden sie einen McFlurry essen, Arthur mit M&M's und Paul mit KitKat. Danach würde er sie ihrer Omama überlassen und die Gelegenheit nutzen, einen Ausflug zu machen, vielleicht auch ein bisschen shoppen, sich eine Daunenweste gönnen, dieselbe Farbe, aber dicker. Auf diese Weise schön gewärmt für den Winter. Die glühende Hitze dieses Hotelzimmers, in dem Tina will, dass er sie nimmt, dass er sie hält, sie vögelt, ein oxymorisches Vögeln, zart und heftig, wild und zärtlich, indem er sie an den Haaren zieht, indem er sie würgt, ja, sie hätte gern, dass er ihren Hals mit der Hand einschnürt und dass sie spürt, wie sie fast erstickt, dann, dass er den Druck verringert und ihr, warum nicht, kleine Schläge auf den Hintern versetzt, immer aber liebevoll. Dass er sich zuvorkommend zeigt und ihr dennoch das Kreuz bricht. Brich mir das Kreuz, fleht Tina, die Untertanin und Herrscherin zugleich sein will, erniedrigt, beschmutzt, aber verherrlicht, widerspenstig und unterworfen, Prinzessin und Prostituierte. Verdammt noch mal, was fror man sich hier immer noch einen ab. Tausendzweihundert Quadratmeter altes Gemäuer heizen kostete ein Schweinegeld, aber trotzdem, die Alten hätten sich mal Mühe geben können. Wenigstens hatten sie die Heizung im Zimmer der Kinder angestellt. Aber nicht in seinem. Was nutzt es, in einer so sonnigen Gegend zu leben, wenn man dann unter der Decke mit den Zähnen klappert? Und wenn er sie mal unglücklicherweise darauf aufmerksam machte, kriegte er sofort einen auf den Deckel. Er werfe das Geld zum Fenster raus, wurde ihm gesagt. Wenn nur Tina da gewesen wäre, bei ihm, sie hätte ihn auf ihre Weise aufgewärmt, also das …, also wenn sie wollte, wusste sie, wie's ging, hehe. Keuchend über Vasco vögelt jetzt sie ihn. Sie will, dass er sich nicht mehr rührt, keinen Laut von sich gibt, sie fordert einfach nur von ihm, weiter einen Ständer zu haben, das passive Instrument ihrer Lust zu sein, ein Tyrann, denkt sie, ich bin ein Tyrann und er ist mein Sklave, er ist mir ausgeliefert und ich verfüge nach Belieben über ihn. Er konnte nicht einschlafen. Er hatte heute nicht trainiert. Sollte er nicht ein paar Liegestütze, ein paar *Sit-ups* machen, bevor er wieder ins Bett ging? Sie fehlte ihm. Es tat ihm leid, dass er sich ein bisschen aufgeregt hatte. Sie anrufen? Zehn nach zwölf. Sie war eine Perfektionistin, bestimmt übte sie noch ihren Text für morgen, für ihre musikalische Lesung in Senlis. Die Lesung mit der Pianistin und der Opernsängerin. Sie hätte ihm schon was sagen können, also wirklich. Sie hatte es vergessen. Das kam, weil sie in letzter Zeit den Kopf woanders hatte. So ein Schussel. Sie ist gerade gekommen. Sie ist gerade mit Emphase gekommen, ihre Pupillen weiten sich, ihre Lippen beben, mehrmals zuckt ihre Möse in wollüstigen Krämpfen, sie macht weiter, in einer unaufhörlich gesteigerten Suche nach Lust, sie ist *die Lust selbst*, und jetzt küsst sie Vasco auf die Stirn, auf die Lider, auf den Mund, Tina gefräßig und gierig, ausgehungert, plötzlich von einem Heißhunger nach Küssen gepackt, nach unzähligen Küssen auf Vascos Hals, auf seinen Oberkörper, auf den Bauch und die Haare unterhalb des Bauches, die braunen, gelockten Haare, die ihm bis zum Nabel reichen, wie eine Ameisenstraße. Und nun leckt sie sie, eine Spur Speichel mischt sich in Vascos Schweiß, und Tina macht bis zur Leiste weiter, zu den Eiern, endlich dem Schwanz. Ihn mit den Lippen umschließen, davor aber das Gummiband vom Handgelenk nehmen, sich die Haare zusammenbinden: Sie möchte nicht, dass sie ihr Gesicht verbergen, sie möchte, dass er sie sieht, dass er in ihren Augen die verrückte Lust sieht, die sie empfindet, wenn sie mit der Zunge über die glatte Oberfläche seiner Eichel fährt, und sie könnte ihn auf diese Weise kommen lassen, mit der Zungenspitze, wie eine sehr, sehr sanfte Folter. Sie könnte aber auch schon schlafen. Sie trotzdem anrufen? Na, los, sie trotzdem anrufen, einfach so, nur um ihre Stimme zu hören, um ihr zu sagen, dass sie gut angekommen sind, um ihr Gute Nacht zu sagen. Aber wenn er sie aufweckt? Ach, neulich hatte sie das ja auch nicht gestört, hehe. Es hatte ihr gefallen, vorsichtig ausgedrückt, und während er sich in ihr, die halb schlief, abmühte, hatte er sie die Namen Gutenberg und Rimbaud sagen hören. Ganz entschieden eine Intellektuelle, sogar in ihren Träumen. Also, sie anrufen. Vascos Schwanz. In diesem Hotelzimmer ist es so, als gäbe es nur seinen, den einzigen und alleinigen, aufgenommen in ihrem Mund, seinen Schwanz, den sie mit ihren Fingern umfasst, dann an ihr Gesicht gedrückt, schließlich mit den Lippen umschlossen hat und den sie jetzt frenetisch und ruckartig wichst, sie möchte, dass er in ihrem Mund kommt, Vasco würde es gern noch länger zurückhalten, aber nichts zu machen, unmöglich, auch nur eine Sekunde, auch wenn die Welt zugrunde gehen müsste, und wennschon, soll die Welt zugrunde gehen, es ist so weit, es kommt, Vasco kommt, er hat einen Orgasmus und Tina einen Anruf in Abwesenheit.

Alles in Ordnung!?, fragte der Richter und schnipste ein paar Mal mit den Fingern vor meinen Augen. Sind Sie noch bei uns?

Entschuldigung, sagte ich, ich war mit den Gedanken woanders.

Na, konzentrieren wir uns. Sie sagten also, dass Sie von da an, von dem Moment an, als sie in dem Zimmer waren, nicht viel wissen.

Nur, dass es in diesem Zimmer eine Badewanne gab, nahm ich den Faden wieder auf; dass Tina ein Bad nahm, mit sehr warmem Wasser und Schaum, während Vasco, der auf einem Hocker saß, ihr Gedichte vorlas; dass er zwanzig Minuten später das Badezimmer verließ, bald gefolgt von Tina in einem Hotelbademantel. Tina hatte das Badewasser nicht abgelassen, auch er könne baden. Später vielleicht, sagte Vasco, aber Tina ließ nicht locker: Das Wasser würde kalt werden. Gut, okay, hat Vasco eingeräumt und ist aufgestanden, und dann hat er begriffen: Auf den beschlagenen Spiegel im Bad hatte Tina mit dem Finger *Ich liebe dich* geschrieben.

Also hat Vasco in Tinas Wasser gebadet und zugesehen, wie ihr *Ich liebe dich* verblasste, und vielleicht hätte er darin so etwas wie ein Vorzeichen sehen und sich sagen müssen, dass ein derart flüchtiges, vergängliches *Ich liebe dich* nur der Vorbote des kommenden Debakels sein konnte, aber ich habe nichts gesehen, hat mir Vasco gesagt, er hat nichts gesehen außer Tina, die auf dem Bett lag, nackt unter ihrem halb geöffneten Bademantel, lasziv, dargeboten, seine andalusische Prinzessin, die murmelte, ich habe dich erwartet, mein Liebling, und im Halbdunkel ihres Hotelzimmers haben sie ein weiteres Mal miteinander geschlafen und das Unvermeidliche aus ihren Gedanken verjagt; nun war das Unvermeidliche im vorliegenden Fall, dass Edgar irgendwann alles erfahren würde, aber erst einmal schlief er allein in seinem schlecht geheizten Kinderzimmer, die Daunenweste über dem Schlafanzug und mit der Zahnschiene im Mund, während Tina in ihrem noch den Geschmack von Vascos Lippen, seinem Schweiß und seinem Sperma hatte, während sie den Kopf auf Vascos Brust und ihre Brust zwischen seinen Beinen hatte, und ihr Herz gegen seine Eier schlug, denn ihr Herz schlug, es schlug wie verrückt, tack-tack, tack-tack, tack-tack, sagte Vasco, das Ticken einer Bombe – einer gewaltigen Zeitbombe, von der sie beide wussten, dass sie ihnen um die Ohren fliegen würde, wo, wann und unter welchen Umständen, davon wussten sie noch nichts.

Einstweilen, sagte der Richter und zeigte mir das Heft, stießen sie an.

Auf den Zufall der Begegnung
Und auf den Seitensprung
Auf unsere geheimen Zimmer
Auf die diskrete und immer
Obskure Macht des Geschicks
Und auf das ganze verflix-
Te Chaos, das es bewirkt im Leben
Auf die Liebe und auf das Streben
Nach deinen Lippen und sehr heftig
Nach Zunge und Händen, die kräftig
Und doch genussvoll mir schmeicheln
Und meinen nackten Körper streicheln
Auf das, was beglückt und erregt
Auf das, was uns beide bewegt
Ich trinke auf Dich, mein Genie
Ich trinke auf uns, auf all das da
Mein Liebling, und damit *basta*
Così

12

Ich redete mit dem Richter, doch ich meinte den Gerichtsschreiber.

Um ihm diese Geschichte zu erzählen – sie dem Richter zu erzählen hieß, sie dem Gerichtsschreiber zu erzählen –, sammelte ich meine Erinnerungen, doch meine Erinnerungen waren durch das verzerrende Prisma des Gedächtnisses gegangen, und ich dachte, dass er zwar seinen ganzen Eifer hineinlegen und gewissenhaft, pflichtbewusst jedes meiner Worte tippen konnte, er würde sie doch nie anders als in einer neu zusammengesetzten Vergangenheit niederschreiben, diese Geschichte.

Ohnehin schien sie seinen Horizont zu übersteigen. Er hörte sie sich an, weil er musste, er machte seinen Job und Schluss. Die öden mich an, diese beiden Armleuchter mit ihrem Absolutheitswahn, mit ihrer x-ten Variation einer *unglücklich erwiderten Liebe*, mit ihrer überschwänglichen Empfindsamkeit, ihrer schwarzen Romantik, sie mit ihren sturen und wilden Einsamkeitsgefühlen und er, hör mir auf mit dem, diesem Miniatur-Werther mit seinem Zwergenunglück und seinen Pseudogedichten – das dachte er wahrscheinlich, der Gerichtsschreiber. Er wirkte wie ein bedachtsamer und beflissener Mensch, vernünftig und besorgt, mit einem friedlichen und gemächlichen Eheleben, sparsam mit Herzrasen – der gute Familienvater, wie ihn der Code civil bis vor kurzem sah. Er gehörte zu denen, die Gürtel *und* Hosenträger tragen, in Maßen trinken, Versicherungspolicen abschließen, in allen Dingen Zurückhaltung predigen, die Verachtung der Konventionen verachten, über Liebeskummer spotten und sich so fern wie möglich davon halten.

Aber vielleicht hatte ich ja unrecht. Unter dem Jackett des Gerichtsschreibers, links von der Krawatte schlug ein Herz, und auch er hatte wohl in seiner Jugend, bevor er seine Sehnsüchte auf weniger verzehrende Leidenschaften richtete, auf Fliegenfischen, Briefmarken sammeln oder Wandern, von Romanzen geträumt, aus denen er Romane machen würde – es gibt keinen Gerichtsschreiber, der nicht die Überreste eines gewaltigen Schriftstellers in sich trägt. Und wenn Tina hier, mit mir im Büro des Richters gewesen wäre und wenn sie in meinen Gedanken hätte lesen können, hätte sie mich auf ihre Art gewarnt, und ihre Art bestand darin, einen bei ihrer Lektüre aufgepickten Satz auszugraben und ihn im rechten Moment zu präsentieren – vielleicht hätte sie mir dann gesagt, was Jules Renard geschrieben hatte: »Man kann ein Dichter sein und die Haare kurz tragen.«

Vasco, fuhr ich fort, trug immer kürzere Haare. Die Sorge fraß an ihm: Die Hochzeit kam näher, und Tina aus seinem Leben auszuradieren, erschien ebenso unvorstellbar, ebenso unsinnig, wie sie dem ihren zu entreißen. Die Schachspieler haben einen Begriff dafür: *Zugzwang*. »Unter Zugzwang stehen« heißt, einen Zug ausführen müssen, auch wenn man dadurch verliert. Vasco hatte den Eindruck, egal welchen Zug er machte, er würde verlieren. Eine Sackgasse, sagte er, darin stecken wir, und Alessandro, die Schere in der Hand, beruhigte ihn, so gut er konnte: Sie wird heiraten, räumte er ein, sie wird ihren Mann lieben, aber sie wird gleichzeitig dich lieben, und ihr werdet zwanzig Jahre ein Paar sein, *tutto bene*. Und da Vasco daran zweifelte, dass man zwei Menschen gleichzeitig lieben kann, sagte Alessandro, Liebe ist kein Kuchen, den man nach Belieben in mehr oder weniger gleiche Stücke zerschneiden kann. Schneidet eine Mutter, die schon ein Kind hat, fünfzig Prozent der Liebe, die sie für dieses Kind hat, ab, wenn das zweite zur Welt kommt? Nein: Diesem wie dem anderen gibt sie hundert Prozent ihrer Liebe, denn die Liebe wird nicht geteilt, sie vervielfacht sich. Das Herz kann sich ausdehnen, wie das Universum, und Tina konnte ihn als Liebhaber haben, ohne der Liebe zu schaden, die sie für ihren Mann empfand.

Das ganze Unglück der Paare rührt daher, so Alessandro, dass man in einem Paar grundsätzlich eine unbefristete bilaterale Vereinbarung über sexuelle Ausschließlichkeit sieht. Wäre es allgemein zulässig, hier und da mit einem Dritten zu schlafen und am Abend im Bett dem Ehepartner davon zu erzählen, wie es ganz üblich ist, ihm vom vergangenen Tag zu erzählen, ach ja, heute in der Mittagspause hat mich Jean-Jacques auf dem Kopierer flachgelegt, und weißt du was, Schatz, ab und zu ein ordentlicher Schwanz, ganz ehrlich, das tut richtig gut; wenn das ganz normal, ganz harmlos wäre und wenn es möglich wäre, dieses Gespräch im Ehebett zu führen, gäbe es viel weniger Scheidungen. Von dieser Idee hat Vasco Tina erzählt, die sagte, du hast recht: Wenn die Lust in der Ehe nachlässt, sollte man outsourcen können.

Ein Paar mit Kindern stellte sie sich als Dreieck mit den Eckpunkten Eheleben, Elternschaft und Sexualität vor. Edgar war ein guter Ehemann, ein noch besserer Vater, er sorgte sich um sie und um die Zwillinge, die er mit Liebe großzog, ein perfekter Vater, wirklich, bis hin zu seiner Sorge um ihre Verdauung – er wachte darüber, dass sie lernten, *aufs Töpfchen* zu gehen. Er verband zwei Eckpunkte, nicht den dritten, und dennoch hatte sie vor Vasco nie daran gedacht, ihm untreu zu werden – Edgar war im katholischen Glauben aufgewachsen, er hätte es nicht ertragen: Achtzehn Jahre strenge Erziehung auf dem Fundament von zweitausend Jahren rigoroser und antihedonistischer Moral, danach ist die Untreue die schlimmste Todsünde. Und natürlich hatten sie schon darüber gesprochen, wenn ich dich betrügen würde, hatte sie ihn gefragt, wärst du mir böse? Das wäre das Ende, hatte er gesagt, das Ende.

Ich weiß nicht, wie das bei Ihnen ist, aber ich sehe das Leben als zwei parallele Linien. Die eine ist das, wonach man strebt, was man gern wäre; die zweite das, was man tatsächlich ist. Und natürlich liegen sie nie vollständig übereinander, es geht nur darum, den Abstand so weit wie möglich zu verringern. Man ermisst den Erfolg eines Lebens nicht am Abstand dieser beiden Linien, sondern an der Anstrengung, ihn zu verringern.

Und das hatte ich auch gegenüber Tina angemerkt, die den Abstand vergrößerte. Was Tina wollte, wonach sie strebte, war ein ruhiges, friedliches Leben, ein Leben ohne Lügen und ohne Gefühlsverwirrung, und trotzdem liebte sie Vasco, und weil sie ihn liebte, traf sie ihn weiterhin, keine Chance, es anders zu machen, und um ihn zu treffen, musste sie Edgar belügen – auch da keine Chance, es anders zu machen. Aber sie liebte auch Edgar, nicht mit leidenschaftlicher, unvernünftiger Liebe, wie sie sie für Vasco empfand, aber einer soliden und sicheren, dauerhaften Liebe – außerdem war er der Vater ihrer Kinder, und ihre Kinder waren alles für sie.

Scheiß *Zugzwang*, wiederholte Vasco, der wusste, dass die Geschichte zum Scheitern verurteilt war; früher oder später würde Tina einsehen, dass es weniger kompliziert war, *ohne* ihn zu sein als mit ihm, dann würde sie die Brücken abbrechen, wie sie es schon einmal getan hatte; und dieses Mal endgültig. Es würde Zeit vergehen, die sie dafür nutzen würde, ihre Liebe abzuwerten, sie in den Falten ihres Bewusstseins zu vergraben, sie vielleicht daraus zu vertreiben, in sich das Bild sterben zu lassen, das sie von ihm hatte, sich selbst zu belügen, vorzugeben, dass sie immer nur Edgar geliebt habe, vorher, während und danach, und gegen ihn, Vasco, den abgewiesenen Liebhaber, eine Abneigung zu entwickeln. Das würde sie tun, seine andalusische Prinzessin, und eines Tages dann, wenn die Kinder groß wären, würde sie wieder lieben, nicht ihn, sondern einen anderen. Ihn hätte sie vergessen. Was würde dann von der Liebe bleiben, die sie verbunden hatte? Bedauern, Wehmut,

Bitterkeit – was hätte sein können, was nicht gewesen war, was gewesen war. Das wollte er ihr, nehme ich an, in den Quartetten sagen, die wir jetzt vor Augen haben:

Der unselige Tag, o Liebste, der wird kommen,
Da wird die Liebe, Liebste, unsre verrückte Liebe,
Die ich so gern für dich im Minnelied beschriebe,
Zum großen Nichts, mein Herz – zum Nichts wird sie verkommen.

Und wir, die wir uns heut so lieben, wie zu sehen
An deinen Lippen, sanft an meinen Hals gepresst,
Wir werden uns dann fliehn, als hätten wir die Pest,
So wild wir heut auch sind und aufeinander stehen.

Hörst dann du meinen Namen, verziehst du das Gesicht
Und ich bekomm im Mund so einen Nachgeschmack,
Sobald ich deinen sag, er ist mir bitter – zack,
Ergreift mich nur noch Ekel, wie wenn man sich erbricht.

Was kann man denn schon tun, wenn jedes Bild verblasst
Von unsern schönen Tagen, wenn Liebe sich zersetzt?
Die Liebe, meine Liebste, ist gleich dem Palimpsest
Beschrieben wird es erst, dann wieder abgekratzt.

13

Kann sein, dass ich jemanden umbringe.

Das sagte Vasco eines Morgens zu Maître Malone, unserem Anwaltsfreund: Kann sein, dass ich jemanden umbringe – dann hat er ihn gefragt, was ihm drohe, wenn er, sollte der Zufall es wollen, jemanden umbringe.

An jenem Morgen war Vasco früh aufgestanden und hatte erst beim Frühstück auf sein Handy geschaut. Mitten in der Nacht hatte er eine Mail ohne Betreff erhalten, unnötig, sie zu lesen, unnötig, sie überhaupt zu öffnen, schon beim Absender wusste er, woran er war: Sie endete mit .gouv.fr.

Was geschehen war, habe ich erst später erfahren. Tina wirkte seit einiger Zeit abwesend, beunruhigt; sie war bald euphorisch, bald melancholisch, ihre Laune änderte sich von Tag zu Tag, manchmal von Stunde zu Stunde; sie konnte im Handumdrehen von tiefster Niedergeschlagenheit zu größter Begeisterung wechseln; Edgar fand sie mal besorgt, mal flapsig, mal ausweichend, *seltsam*, das sagte er ihr, du bist seltsam, Liebling, und mehrmals hatte er sie gefragt, was los sei, irgendwas quält dich, sagte er, aber Tina wich jedes Mal aus. Am Anfang hatte er es den Hochzeitsvorbereitungen zugeschrieben, es gab so viele Details, an die man denken musste, so viele Probleme zu klären, mit dem Arschloch von Traiteur, der sich weigerte, den Nahrungstabus der Gäste, der Vegetarier und der Veganer, Rechnung zu tragen, ganz zu schweigen von all den Schwachköpfen, die sich eine Glutenunverträglichkeit andichteten, mit dem DJ, der darauf bestand, am Ende des Abends Michel Sardou zu spielen, dem auszuwählenden Brautkleid, den Einladungen, die verschickt werden mussten, das alles ängstigte sie, das war normal, das ging allen so, sicher war es die Hochzeit. Und außerdem arbeitete Tina unermüdlich: Man hatte ihr angeboten, in einem Film mitzuspielen, ihrem ersten, eine Nebenrolle in einem Biopic über Évariste Galois, außerdem hatte sie mit den Proben für ein Stück begonnen, das für das Off-Programm in Avignon vorgesehen war, im Juli, direkt nach der Hochzeit.

Um sie auf andere Ideen zu bringen, hatte Edgar ihr ein Abo für sein Fitnessstudio geschenkt. Dort gab es ein Schwimmbecken, eine Sauna, einen Hammam und vor allem Gruppenkurse. Tina hatte darin eine Gelegenheit gesehen, die Häufigkeit ihrer heimlichen Treffen zu erhöhen: Zwei Abende pro Woche schob sie einen Yogakurs vor, um sich in einem Hotelzimmer mit Vasco zu treffen. Jedes Mal dasselbe Hotel, jedes Mal dasselbe Zimmer, jedes Mal andere Wonnen: Hotel Arthur Rimbaud, Zimmer Verlaine, in dem sie einander mit fieberhafter Ungeduld auszogen, küssten, liebkosten, am Ende miteinander schliefen; danach lagen sie wortlos nebeneinander und genossen es, gemeinsam zu schweigen, in der stummen Vertrautheit, die die wahre Sprache des Herzens ist, sie erkundeten die kleinsten Details ihrer Körper, Entomologen der Liebe; der erbarmungslose Zeiger drehte sich, Tina zog sich an, küsste Vasco leidenschaftlich, entriss sich bedauernd seinen Armen und kam vom Yoga nach Hause. Nach einem Monat fand Edgar ihre Muskeln entspannter, ihren Körper graziler.

Als sich Tina eines Abends wieder eine Stunde lang im Bad eingeschlossen hatte – denn sie duschte nie im Hotel, sie wollte Vascos Geruch, den Geruch seiner Haut, seines Schweißes, seines Spermas so lange wie möglich bewahren, den Abdruck unserer Liebe, sagte sie, ich will den Abdruck unserer Liebe bewahren, mein Liebster –, hatte Edgar neben dem Bett ihre offene Sporttasche gesehen; ihre Sachen waren ordentlich gefaltet, ihre Leggins und ihr T-Shirt waren trocken, sauber, keine Spur von Schweiß, sie rochen noch nach Waschpulver. Beim Abendessen hatte er sie gefragt, was für Yoga sie mache. War es eher meditatives Yoga, mehr auf den Geist als auf den Körper gerichtet, oder dynamisches Yoga mit einer Abfolge von Übungen und Muskelaufbau? Und Tina hatte sich verraten. Ashtanga, hatte sie gesagt, ich bin danach total ausgelaugt.

In der folgenden Nacht konnte Edgar nicht schlafen. Er sah Tina an, die schlief, so friedlich und so schön, der arme Schatz, so erschöpft von dem ganzen Sport. Ihrem Yoga. Ihrem Scheiß-Yoga. Und mitten in der Nacht hatte er getan, was er sich geschworen hatte, nie zu tun. Er brauchte nur den Arm auszustrecken, um nach Tinas iPhone zu greifen, das neben dem Bett aufgeladen wurde. Man konnte es entweder per Fingerabdruck oder mit einem sechsstelligen Code entsperren. Einfach: Es war das Geburtsdatum ihrer

Söhne. Arthur und Paul waren mit ihm zusammen auf dem Display, sie aßen ein McFlurry, sie waren überall mit Eis beschmiert, die Lippen, die Wangen, die Nase; Edgar hatte das Selfie zwei Monate zuvor in Manosque gemacht, er hatte gesagt, wir schicken es Mama, und Mama hatte geantwortet: »Meine Süßen«, dann hatte sie »ich hab euch lieb« hinzugefügt mit einer ganzen Salve herzförmiger Emojis; aber in dem Moment, als sie das Foto erhalten hatte, kam Mama nicht von einer musikalischen Lesung in Senlis, wie sie erzählt hatte, Mama hatte nie einen Fuß nach Senlis gesetzt, sie war in Paris, Mama war mit ihrem Liebhaber in einem Hotelzimmer, sie ließ sich ficken wie die kleine Nutte, die sie war.

Das hatte Orwell nicht vorhergesehen. Orwell hatte eine ganze Menge vorhergesehen, aber das nicht. Nicht, dass unsere kleinste Regung und Bewegung, nicht, dass jedes unserer Worte in einem kleinen Ding festgehalten wird, das wir immer bei uns haben, das wir überall mit uns herumschleppen, weil *wir* es wollen. In diesem Telefon war alles. Es war das Protokoll ihrer ehebrecherischen Beziehung, ein so emsiger WhatsApp-Chat, dass er endlos wirkte, in dem erhalten war, was Edgar in den folgenden Tagen, als er Tina den Prozess machte, *Beweisstücke* nennen würde: Hunderte, Tausende Nachrichten und Fotos, die sie und Vasco seit Monaten austauschten. Und diesen ganzen Austausch hatte er zurückverfolgt, er hatte die ersten, harmlosen Nachrichten gelesen, in Abständen von mehreren Tagen; die häufigeren und anspielungsreicheren nach ihrer Begegnung in der BnF; die Hinhaltetaktik, die Windungen, um sich ihre Liebe zu gestehen; ihre Geschichte wurde darin kommentiert, analysiert, seziert. Was dort geschrieben stand, tat ihm weh, und was nicht, noch mehr, denn er stellte es sich vor. Nichts blieb ihm erspart, er erfuhr alles über Tinas Gefühle, bis hin zu der Lust, die sie wenige Stunden zuvor verspürt hatte, mit ihren Lippen Vascos Haut zu tätowieren – ebendas sagte sie ihm in ihrer letzten Nachricht, wortwörtlich: *immer noch Lust, deine Haut mit meinen Lippen zu tätowieren.*

Natürlich stecke ich nicht in Edgars Kopf. Ich weiß nicht sicher, was er in diesem Moment gedacht hat, aber ich ahne, dass er niedergeschmettert war von dem, was er da erfuhr, und zutiefst gekränkt; er hatte sich monatelang an der Nase herumführen lassen, von einer Frau, die er liebte, von der er glaubte, geliebt zu werden, die die Mutter seiner Söhne war, die ihn heiraten sollte und die da, in seinem Bett, in *ihrem* Bett, im Ehebett, neben ihm lag und von einem anderen träumte. Und wenn ich versuche, ihn mir vorzustellen, sehe ich Edgar auf dem Bettrand sitzen, Tinas iPhone in der Hand, das Licht des Displays erleuchtet schwach sein Gesicht und seine Augen, und in seinen Augen mischen sich Wut und Abscheu; er unterdrückt einen Schauder des Entsetzens, steht auf, zieht seine Hausschuhe an und murmelt: Flampe (er hat noch die Zahnschiene im Mund). Er wird sich um sie kümmern, o ja, da kann man sich auf ihn verlassen. Aber erst mal diefer Hurenfohn Fafco.

Vasco, dem Edgar in derselben Nacht also eine E-Mail schickte: Er habe, schrieb er, ihre Konversation *in extenso* gelesen, er wisse alles über ihre Liaison; er erinnerte ihn daran, dass er seine Adresse wisse; er informierte ihn, dass er ihn eines Morgens, oder eines Abends, das werde man noch sehen, vor seiner Haustür erwischen werde und ihm, wenn er ihn erwischt habe, mit dem Schläger den Schädel zu Brei schlagen werde; er bat ihn, sich in den Arsch ficken zu lassen; und da seine Mails so konfiguriert waren, dass sie mit einer automatischen Grußformel endeten, die er zu löschen vergaß, versicherte er ihn seiner Hochachtung.

Wieder wollte ich den Richter nicht mit Einzelheiten belasten und habe das alles, Edgars Verdacht gegen Tina, die Art, wie er ihre Untreue entdeckt hatte, die an ihren Liebhaber geschickten Drohungen, in drei Sätzen zusammengefasst – zwei mehr als Vasco, der aus dieser Episode nur einen einzigen Vers destilliert hatte, einen klassischen Alexandriner mit Zäsur nach dem Halbvers:

Und krachend fällt auf uns gewitterschwül der Himmel

Ist das alles, habe ich gefragt, wirklich nur ein Vers?

Ein einsamer Vers, bestätigte der Richter, und ich wusste nicht, ob er versuchte, lustig zu sein; ich habe vorsichtshalber gelächelt, man muss im Zweifelsfall immer lächeln, erst recht vor einem Untersuchungsrichter.

Kann sein, dass ich jemanden umbringe. Das hat Vasco einfach so gesagt, ohne jede Vorrede, nachdem er das Büro von Maître Malone, unserem Anwaltsfreund, betreten hatte, sein großes Büro mit Fenstern zur Rue de Rennes, eins dieser Büros mit Parkett, Kamin, Stuck und hohen Decken, die Immobilienmakler in ihrem Einheitsjargon als »hochwertig und lichtdurchflutet« beschreiben, denn die Immobilienmakler haben ihren Jargon, meistens übertreibend und verlogen: »Maisonette« heißt ein Bett auf einer eingezogenen Zwischendecke, »historischer Charme«, dass der Wasserboiler kaputt ist, »Originalzustand«, dass alles renoviert werden muss, »ungewöhnlich«, dass das Klo auf halber Treppe ist; aber wenigstens in diesem Fall hätten sie nicht gelogen, wenn sie »hochwertig und lichtdurchflutet« geschrieben hätten.

Denn das war es, das Büro, wirklich.

Ein bisschen wie Ihres, habe ich dem Richter erklärt, wobei Ihres, habe ich gelogen, um ihm eine Freude zu machen, vielleicht noch etwas hochwertiger ist und noch stärker vom Licht durchflutet wird, und im Büro unseres Anwaltsfreundes dachte Vasco an das Missverhältnis zwischen der Pracht dieses Ortes, dem Pomp und dem Luxus, den man entfaltet hatte, um ihn zu schmücken, und dem Elend, dem Schmutz der Angelegenheiten, die hier bearbeitet wurden. Zwischen diesen Wänden, an die man Meisterwerke gehängt hatte, unter dem funkelnden Kristall eines großen Lüsters plauderte man unbefangen beim Kaffee über Raubmord, Drogenhandel, vorsätzliche Tötung, sexuellen Missbrauch, Gruppenvergewaltigung und sogar hin und wieder, um sich zu entspannen, von Bossnapping.

Vasco sah unseren Anwaltsfreund an, weißes Hemd, die obersten Knöpfe offen, unter marineblauem Blazer, sein Stummfilmgesicht, sein ernster Blick und das sparsame Lächeln, denn er lächelte wenig, unser Anwaltsfreund, er kalkulierte seine Wirkung, doch wenn er lächelte, erinnerte er mich an Camus' Definition von Charme: eine Art, ein Ja zur Antwort zu erhalten, ohne eine klare Frage gestellt zu haben – was nicht ganz unnütz ist, bemerkte der Richter, wenn man Geschworene überzeugen muss.

Auf seinem Schreibtisch: ein Computer, ein Füller, ein Briefbeschwerer, Textmarker, verschiedene Gesetzbücher in verschiedenen Farben – Zivilgesetz, Strafgesetz, Strafprozessordnung – und ein Durcheinander von Akten, auf einer orangefarbenen stand mit grünem Filzstift: »Morgenräuber, Pablo Picasso«.

Was ist das für ein Fall, hat Vasco gefragt. Hat man ein Bild des spanischen Meisters gestohlen?

Ein einfacher Fall von Taschendiebstahl, hat unser Anwaltsfreund erklärt: eine kleine Bande aus Bobigny, die im Morgengrauen in der Metro unterwegs war, die Trunkenheit ihrer schlummernden Opfer ausgenutzt hat, um deren Taschen zu leeren, dann teilten sie sich die Beute an der Endstation der Linie 5, Pablo-Picasso. Kann sein, dass du jemanden umbringst?

Und dann hat Vasco ihm alles erzählt, er hat ihm von Tina erzählt, von ihrer Begegnung sechs Monate zuvor, dem ersten Herzklopfen, dann der unwahrscheinlichen, unmöglichen und immer unmöglicheren Liebe, alles, in allen Einzelheiten, bis zu Edgars Mail, die er in der Nacht erhalten hatte. Er will mir mit dem Baseballschläger den Schädel zu Brei schlagen, hat Vasco gesagt. Er weiß, wo ich wohne. Ich brauche eine Knarre.

Acht Jahre, hat unser Anwaltsfreund geantwortet. Ein schönes Plädoyer, keine Vorstrafen, ein gnädiger Staatsanwalt und wohlwollende Geschworene, dann kommst du vielleicht mit acht Jahren davon. Vielleicht mehr, aber weniger nicht. Wobei es natürlich nicht unmöglich wäre, auf Notwehr zu plädieren, hat er ergänzt. Dann hat er das Strafgesetzbuch aufgeschlagen: »Strafrechtlich nicht zur Verantwortung zu ziehen ist eine Person, die in unmittelbarem Zusammenhang mit einem rechtswidrigen Angriff gegen sie selbst oder gegen andere eine Tat begeht, die ausschließlich der legitimen Verteidigung ihrer selbst oder anderer dient.«

Na bitte, hat Vasco gesagt und mit den Fingern geschnipst, die Sache ist geklärt.

Nicht ganz, hat unser Anwaltsfreund ihn gebremst. Und dann hat er sich in fachliche Erwägungen gestürzt und dargelegt, dass es drei zu erfüllende Bedingungen gebe, damit die Notwehr anerkannt werde: 1. Der Angriff muss rechtswidrig sein. 2. Die Notwehr muss in unmittelbarem Zusammenhang mit dem Angriff stehen. 3. Die eingesetzten Mittel zur Verteidigung müssen der Schwere des Angriffs angemessen sein.

Grob gesagt hieß das, wenn Edgar, wie er ihn hatte wissen lassen, mit einem Baseballschläger bei Vasco auftauchen würde und Vasco, wie er offenbar die Absicht hatte, sich mit einer Knarre verteidigen würde, dann konnte er sich die Post in den Knast von Fleury-Mérogis oder Fresnes nachsenden lassen.

Die Entscheidung über die Angemessenheit liege allein beim Richter, seiner berühmten tiefsten inneren Überzeugung, hat Maître Malone weiter ausgeführt. Vasco würde den Angriff beweisen müssen, denn die Beweislast würde bei ihm liegen, kurz, er riet ihm *unter allen Umständen* davon ab, sich eine Schusswaffe zu besorgen. Außerdem glaubte unser Anwaltsfreund nicht an die Ausführung der Drohungen – wer wirklich den Tod eines Menschen will, befand er, nehme sich weder die Zeit noch die Mühe, ihn darüber zu informieren –, alles werde sich irgendwie arrangieren, die Zeit werde die Wogen glätten, Vasco solle besser nach Hause gehen.

Du hast recht, hat Vasco beruhigt gesagt, du hast recht, hat er wiederholt, ich gehe nach Hause.

Etwas später verließ er die Anwaltskanzlei, überquerte die Straße und öffnete das Schloss seiner Vespa, die er ein Stück entfernt abgestellt hatte. Dann hielt er die Home-Taste seines iPhones gedrückt und fragte laut und deutlich: »Hallo Siri, wo finde ich einen Waffenladen?«

14

Kommen wir zu Edgar zurück.

Er hatte sich angewöhnt, am Samstagmorgen mit den Zwillingen in den Parc Monceau zu gehen. Das war ihre Zeit zu dritt, *unter Männern*, sagte er zu Tina, die nicht unzufrieden war, einmal richtig auszuschlafen. Sie wachte gegen elf Uhr auf, wenn sie zurückkamen und auf ihr Bett hopsten, dann drückte sie sie an sich und überhäufte sie mit Küssen; Tina sagte, mein Schatz, mein Schatz, sie antworteten, Mamatz, Mamatz – die Zusammenziehung von Mama und Schatz; dann kuschelten sie sich alle drei in die Decke ein. An diesem Morgen waren sie mittags immer noch nicht zurückgekommen.

Tina hatte Edgar angerufen, keine Antwort: Sie landete direkt auf seiner Mailbox. Er hatte wohl sein Telefon ausgeschaltet, manchmal packte es ihn, Schnauze voll, sagte er, dass ich immer diesem Ding in meiner Hosentasche gehorchen muss. Eine Zeit lang hatte er sogar daran gedacht, es abzuschaffen. Aber wenn er dann doch eins braucht, hatte Tina gedacht, nimmt er meins; sie hatte die Gefahr gespürt und es ihm ganz unbefangen ausgeredet.

Irgendwann war sie aufgestanden. Sie hatte sich in der Küche einen Kaffee gemacht, den sie im Wohnzimmer trank, während sie aus dem Fenster sah. Sie sah Ahornbäume, kahle Platanen. Wenn man sie fragte, wo sie wohne, sagte sie nicht rive droite, sagte sie nicht im 18., sie sagte Parc Monceau. *Mein* Park, sagte sie. Mein kleiner, geliebter Park. Sie war Separatistin: für die Freie Kommune Monceau. Gut und schön, sagte sich Tina, aber ich sollte mich jetzt an die Arbeit machen. Und erst, als sie ihren Text suchte, sah sie auf dem roten Tisch das Protokoll ihres Chats mit Vasco. Einhundertsiebenundneunzig Seiten, die Edgar ausgedruckt hatte. Doppelseitig. Und darüber das Foto, das er aus Manosque geschickt hatte, das Hintergrundfoto auf Tinas Display. In Schnipseln, das Foto.

Versetzen Sie sich an ihre Stelle.

Stellen Sie sich die Explosion vor.

Das Schuldgefühl, das Sie durchbohrt, und die Angst, die Sie packt.

Der stechende Schmerz, auf der Welt zu sein, wenn die eigene Welt in Scherben fällt.

Die unerträgliche Ungewissheit, das Gefühl von Ohnmacht, nachdem Sie vergeblich versucht haben, Edgar einmal, zweimal, dreimal zu erreichen: Jedes Mal landen Sie auf der Mailbox.

Der Hirsch, der auf einmal nicht mehr allein ist, es sind zwei, drei, tausend, die sich einen Kampf liefern, und der eigene Bauch ist das Schlachtfeld.

Stellen Sie sich das alles vor.

Sie konnte nur noch warten.

Bis zum Abend trank sie unter Tränen Wein, der die Tränen nur noch heftiger strömen ließ; und die Tränen und der

Wein schmeckten nach einem nicht wiedergutzumachenden Debakel.

Edgar kam am nächsten Tag zurück. Ohne die Kinder.

Wir müssen reden, hat er gesagt.

Und wenn es nur nach ihm gegangen wäre, hätte er sie peinlich befragt, ein Verhör im mittelalterlichen Sinn: ein Verhör unter Folter. Wenn es nach ihm gegangen wäre, hätte er zuerst ihre rechte Hand verbrannt, die Hand, die all diese Nachrichten an Vasco geschrieben hatte; und dann hätte er ihre Haut, die Vasco berührt, geleckt, gebissen, geküsst hatte, mit kochendem Öl, geschmolzenem Wachs und Blei übergossen; und dann hätte er ihren Körper, den sie Vasco dargeboten hatte, an vier Pferde gebunden; und dann wären die vier Pferde losgaloppiert, in vier Richtungen; und die vier Teile der zerstückelten Tina hätte Edgar zu Asche gemacht und mit der Asche das Abendmahl für Vasco gewürzt – für diesen Hurensohn von Vasco.

Es war nicht nur nach ihm gegangen.

Es entsprach nicht mehr dem Zeitgeist, zu foltern.

Es gab sogar Gesetze dagegen.

Und außerdem war es nicht Edgars Art, seine Schläge waren unsichtbar und viel heimtückischer: Er wusste schon viel, wollte aber mehr wissen. Er musste *visualisieren*. Alles, sagte er, er wollte alles wissen, bis ins letzte Detail. Ich erspare sie Ihnen, die Details. Ich erspare Ihnen Edgars Verhör, das darin bestand, sie Tag für Tag, Stunde für Stunde zu beschimpfen und mit Fragen zu bearbeiten, bis er mitten in der Nacht vor Müdigkeit zusammenbrach.

Und sobald er aufwachte, flammten die Kampfhandlungen wieder auf. Edgar sagte, ich habe von dir geträumt, meine Liebste: Wir gingen Hand in Hand, glücklich, verliebt, du hast mich angelächelt, ich habe dich angelächelt, und plötzlich stieß ich dich unter einen Bus. Das hast du aus mir gemacht, Tina: einen Verrückten, einen Kerl, der davon träumt, die Frau, die er liebt, unter einen Bus zu stoßen. Tina schlief nicht mehr, aß wenig, ging nur aus dem Haus, um Nachschub an Xanax oder Lexomil zu besorgen oder die Post zu holen: Sie hatte Vasco verdonnert, ihr nicht zu schreiben; trotzdem hatte sie Angst, dass er es tun könnte, dass er ihr einen Brief schreiben, dass der Brief Edgar in die Hände fallen und sich sein Zorn vervielfachen könnte. Jeden Tag gegen Mittag, wenn der Briefträger da gewesen war, überprüfte sie, dass es keine neuen *Beweisstücke* gab. Am Briefkasten standen immer noch ihre aneinandergereihten Namen, Edgar & Tina, aber das Et-Zeichen, dachte Tina, könnte man jetzt durch das *vs.* von Boxkämpfen ersetzen, denn zwischen ihr und ihm war nur noch das, ein psychologischer Boxkampf: Er verpasste Schläge, sie steckte ein. Edgar *vs.* Tina.

Wenn Edgar wegging, blieb Tina wie benommen zu Hause; nichts erreichte sie mehr. Sie versuchte zu lesen, aber jede Seite war nur ein nicht zu entziffernder Monolith, ein Geröll von Sätzen ohne Sinn; die Buchstaben entzogen sich ihren Augen, nichts blieb hängen, unmöglich, ihre Gedanken zu fixieren; und wenn Edgar nach Hause kam, fand er sie in Tränen aufgelöst und sagte, verzeih mir, mein Schatz, verzeih mir, er kniete sich vor das Bett und streichelte ihren Rücken, ihren Nacken, aber bald ging es wieder los, voller

Abscheu zog er die Hand von ihrem Körper zurück, du widerst mich an, sagte Edgar, der sie nicht mehr berühren wollte, wenn ich daran denke, dass dieser Hurensohn seine Wichse auf deiner Haut verschmiert hat, ich kann es einfach nicht glauben, erzähl mir, was ihr gemacht habt, wie ihr es gemacht habt, erzähl mir noch mehr, ich *muss* es begreifen. Er könne nicht begreifen, wie ihre Lippen, die ihn jeden Abend küssten, sich am selben Tag, ein paar Stunden zuvor um den Schwanz eines anderen geschlossen hatten, und während er das sagte, berührte er Tinas Lippen, liebkoste sie mit dem Finger, und jetzt, bitte, mein Schatz, sag mir noch mal, wie ihr gefickt habt, sag mir, wo und wie, im Stehen? Im Liegen? Mit oder ohne Pariser? Hat er in den Pariser abgespritzt? Hat er in deinem Mund abgespritzt? Das hast du doch immer gemocht, oder, dass man in deinem Mund abspritzt? Also los, machen wir es, mach mit mir, was du mit ihm gemacht hast, und mit derselben Inbrunst, derselben Liebe, wie du es bei ihm gemacht hast, denn du kannst eure Geschichte noch so kleinreden, ich habe eure Nachrichten gelesen, Tina, *alle* eure Nachrichten, ich kenne sie auswendig, eure Nachrichten, ich habe sie gelesen, deine Schlampennachrichten, deine Verliebtennachrichten, eine verliebte Schlampe, das bist du, Tina, eine Schlampe, die ihn geliebt hat, denn du hast ihn geliebt, sagte Edgar mit einer Stimme, die von Schluchzern erstickt wurde, und Tina, reuig und gehorsam, besänftigte seinen Zorn.

Und das zwanzig Tage lang.

Zwanzig Tage, in denen Edgar sich seine männliche Kraft zurückholte und die Frau erniedrigte, die er liebte.

Zwanzig Tage dieser endlosen Leier, aus der hervorging, ich fasse zusammen, dass sie nichts als eine kleine notgeile Schlampe war, die sich von ihrem Liebhaber in Hotelzimmern bespringen ließ, während er sich um die Kinder kümmerte – die irgendwann wiedergekommen waren: Wenn Tina ihre Söhne anschaute, sah sie ihre Gewissensbisse.

Sie rief mich nicht mehr an, schrieb mir selten – ich war auch Vascos Freund, und indem sie sich von mir entfernte, entfernte sie sich von ihm.

Trotzdem habe ich sie an einem Nachmittag in einem Café wiedergesehen, nach einem Monat schwarzer Gedanken und weißer Nächte, abgemagert, hohle Wangen, bleiche Haut, wächserne Züge, Ringe unter den Augen. Trocken, die Augen. Sie fing an zu weinen, aber ohne Tränen, als hätte sie alle Reserven aufgebraucht; sie schluchzte in meinen Armen, sie schluchzte über die Liebe, die sie für Edgar empfand, befleckt von der, die sie für Vasco empfunden hatte – und von der sie sich losgesagt hatte.

Sie wiederholte, er fehlt mir, Scheiße, er fehlt mir: Er füllt meinen Kopf aus, mischt sich in jeden Gedanken, und während ich ihr zuhörte, dachte ich, dass es keine treffendere Definition der Liebesleidenschaft geben kann, die aus immerwährender Träumerei besteht, aus immerwährendem Unvermögen, seine Gedanken von jemandem zu lösen. Sie konnte ihn nicht mehr sprechen, ihm nicht mehr schreiben, und wenn sie ihn irgendwann wiedersehen sollte, auch nur eine Sekunde, auch nur rein zufällig, würde Edgar sterben. Das hatte er Tina gesagt, *wörtlich*: Wenn du ihn wiedersiehst, bringe ich mich um. Er würde fortan so leben, als stünde nur noch sie allein zwischen ihm und dem Tod; würde sie gehen, bliebe ihm nur der Tod. Eine Chance gab es noch, eine Chance, hatte er präzisiert, und ich *wäre* bereit, sie dir zu gewähren, und Tina war entschlossen, sie zu nutzen, entschlossen, ihre Familie, ihre Hochzeit zu retten – denn sie liebte ihn, sie liebte Edgar *wirklich*, im Grunde hatte sie sich nie vorgestellt, ohne ihn zu leben, es war auch immer noch von Hochzeit die Rede, ich würde bald die Einladung erhalten. Sie verlasse sich darauf, dass ich am Tag X da sei und natürlich, dass ich Vasco nichts davon sage. Denn wenn Vasco es gewusst hätte, wenn er erfahren hätte, was Edgar Tina hatte erleiden lassen, Sie können sicher sein, dass er sich seinen Schlagstock gegriffen und mit dem Schlagstock in der Hand vor Edgars Haus auf ihn gewartet hätte, und dann hätte er ihn Suppe schlürfen lassen. Sechs Monate lang Suppe.

Der Richter schwieg, als müsste er verdauen, was ich ihm gesagt hatte. Man konnte die Fliegen fliegen hören. Seit einer Weile flogen nämlich zwei Fliegen herum, machten ab und zu halt auf meinem Stuhl, auf der Schulter des Richters, auf der Schreibtischkante und sogar auf Vascos Heft, dann nahmen sie ihr summendes Ballett wieder auf, bis der Richter, der dieses Brummen nicht mehr ertrug, schließlich das Strafgesetzbuch ergriff und es auf eine der beiden Fliegen niedergehen ließ – ich sah darin so etwas wie ein Gleichnis für die Justiz, das war nicht das erste Mal, dachte ich, dass der Starke den Schwachen mit einem erdrückenden Gesetz zerquetscht, aber die Langsamkeit der Justiz ist sprichwörtlich, oft scheitert sie in ihrer Verpflichtung zur schnellen Reaktion, und die Fliege war entkommen; jetzt saß sie seelenruhig und erhaben auf der Schulter des Gerichtsschreibers. Und weil die Zeit voranschritt – die Zeit schreitet voran, sagte der Richter – und wir weitermachen mussten – machen wir weiter, sagte er –, las der Richter das Gedicht vor, das gleich danach kam, ein Vierzeiler in Alexandrinern in umarmenden Reimen, dessen Titel lautete: *Die Blonde mit den blauen Augen.*

Die Augen zu und nackt, ruht sie in meinem Bett
Den Arm ganz keusch gelegt auf ihre bloße Brust.
Die ganze Nacht hindurch, halb schwindlig, voller Lust,
Betracht ich nur, im Rausch, den Körper dort von Net'

…ty, habe ich gesagt. Netty!, habe ich gesagt. Antoinette. Eine Blonde mit blauen Augen, die Vasco vor einem China-Imbiss in der Rue des Abbesses kennengelernt hat.

Denn während es bei Tina nicht so gut lief, lief es bei Vasco nicht viel besser.

Dabei hatte er versucht, die Erinnerungen an Tina durch diverse Tricks zu verjagen, darunter die Anmeldung bei einer Dating-App. Er hatte ein Konto eingerichtet, drei Fotos von sich gepostet, verschiedene Parameter definiert, und schon hatte er Zugang zu Dutzenden Profilen, von denen nur sehr wenige Gnade in seinen Augen fanden – die einzige Frau, die halbwegs seinem Geschmack entsprach (fast eine Doppelgängerin von Tina), hatte ihre Biografie mit einem Zitat von Paulo Coelho geschmückt. *Next.* Und sowieso hatten ehrlich gesagt alle einen grundlegenden Fehler: Sie waren nicht Tina.

Und dann kam Netty. Sie und Vasco standen vor dem China-Imbiss Schlange, Netty hatte gerade Ingwerhuhn mit gebratenem Reis bestellt, und als er an der Reihe war, kommentierte Vasco, wie absurd, Ingwerhuhn mit gebratenem Reis zu nehmen, geben Sie mir das Gegenteil, verlangte er, geben Sie mir gebratenen Reis mit Ingwerhuhn; Netty hat gelacht. Eher gelächelt als gelacht, eigentlich hat sie nur ein Lächeln angedeutet, aber dieses Lächeln hat Vasco erstarren lassen, er stand vor dem Imbiss, unfähig, ein Wort hervorzubringen, wie versteinert, mit dem Charisma einer Frühlingsrolle. Und dann ist sie gegangen, die Blonde mit den blauen Augen, ohne dass er etwas von ihr wusste, sogar ohne zu wissen, dass sie Netty hieß, Vasco hat sie gehen lassen mit ihrem Lächeln und ihrem gebratenen Reis, ihren blauen Augen und ihrem Ingwerhuhn. Zehn Tage lang hat er nur noch an sie gedacht – zumindest in den kurzen Momenten, in denen er nicht an Tina dachte. Jeden Tag ging er zu dem Chinesen und hoffte, sie zufällig zu treffen; er konnte kein Ingwerhuhn mit gebratenem Reis mehr sehen. Und eines Mittags, o Wunder, war sie da. Vasco hatte zu viele Illusionen verloren, um sich ganz auf die Kraft des Zufalls zu verlassen: Die Chance war gering, dass er ihre Raum- und Zeitkoordinaten noch ein drittes Mal zusammenbringen würde, deswegen traute er sich diesmal, sie anzusprechen, sie aßen ihren Chinareis zusammen auf der Straße, auf einer Bank, dann stand sie auf, ich muss flitzen, sagte sie, aber bevor sie flitzte, gab sie ihm ihre Nummer, ruf mich an, und ein paar Tage später haben sie sich in der Salle Pleyel wiedergesehen, wo sie ein Violinkonzert gab. Wie Ingres spielte Netty nämlich Violine, und sicher besser als Ingres – sie hatte es zu ihrem Beruf gemacht. Sie malte auch – die Malerei war für sie, was für Ingres die Violine war. Sie trug acht bis zehn Zentimeter hohe Absätze. Und da sie schon barfuß über einen Meter achtzig maß, musste sich Vasco auf die Zehenspitzen stellen, um sie zu küssen – denn er hatte sie schließlich geküsst, in der Rue Lepic um zwei Uhr morgens.

Sie hatten zwei Nächte miteinander verbracht, vielleicht auch drei, ich weiß es nicht mehr, ich kann da keine eindeutigen Angaben machen, aber ich dachte tatsächlich, das zwischen ihnen wäre der Anfang einer Geschichte. Aber nein, keine Geschichte. Wie Vasco kam auch Netty gerade aus einer Geschichte, deren Ende es sogar auf die Titelseite von *Voici* geschafft hatte: Da sah man sie am Arm eines Schlagersängers, und quer über dem Foto stand: »Es ist aus!« Sechs Monate hatten ihr gereicht, um ihr Liebeskapital zu verschleudern; seitdem waren ihre Herzschläge nur noch Zuckungen; sie hatte nichts mehr anzubieten, nicht einmal Vasco. Ich spüre nichts, nichts mehr, sagte sie: Lokalanästhesie des Herzens. An einem Morgen – dem Morgen des letzten Tages, an dem sie sich gesehen haben – hat sie Vasco um ein Blatt und einen Bleistift gebeten, sie hat fast entschuldigend gesagt, da, das ist ganz einfach, die Frage lautet: Bin ich im Moment imstande, mich zu verlieben? Und als Antwort hat sie ein Kreisdiagramm gezeichnet – so:

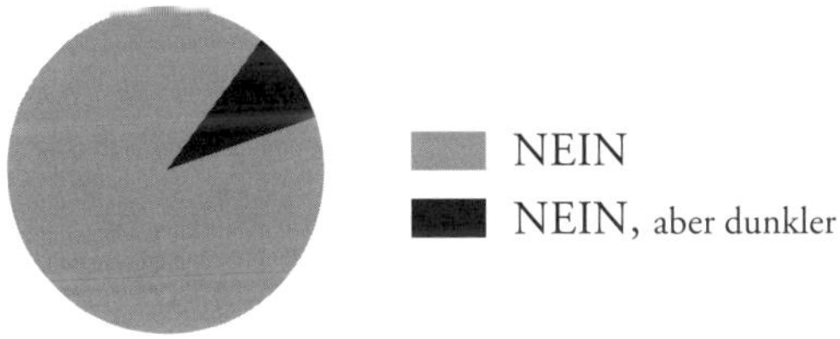

Und Vasco hat endlich begriffen, was doch gar nicht so schwer zu begreifen ist – eine so offensichtliche Wahrheit, dass es einem fast peinlich ist, sie auszusprechen: Der Moment, in dem man sich begegnet, ist ebenso wichtig wie die Person, der man begegnet, wenn nicht wichtiger. Der *Kairos*, hat ihm Alessandro erklärt, der griechische Wörter liebte. Der geeignete Moment. Der Moment war bei der Violinistin mit den blauen Augen nicht besser geeignet gewesen als der, sechs Monate zuvor, bei der Schauspielerin mit den grünen Augen. Und jetzt würde die Schauspielerin mit den grünen Augen einen Mann heiraten, der gewiss nicht ohne Verdienste war, aber dessen größtes Verdienst darin bestand, da gewesen zu sein, als es nötig war, am richtigen Ort, im richtigen Moment, und wie oft, habe ich gesagt, hängt die Liebe daran, nur daran, so bescheuert ist das.

Scheiß *Kairos*, hat Vasco geseufzt. Ich werde ihr trotzdem schreiben. Ich schreibe Tina.

15

Einen Brief, noch einen.

Nur dass trotz Tinas Vorsichtsmaßnahmen diesmal Edgar auf den Brief stieß.

Auf den er mit einer Mail antwortete, noch einer.

Diesmal keine Rede davon, ihm mit dem Baseballschläger den Schädel zu Brei zu schlagen, sondern davon, ihn kaltzumachen, ganz einfach. Das hat Edgar in seiner Mail geschrieben, versuch noch einmal, noch ein einziges Mal, mit Tina Kontakt aufzunehmen, und ich mach dich kalt, ganz einfach.

Drohungen zu erhalten, ist am Anfang nie ganz einfach.

Am Anfang macht man sich Sorgen, man verlässt das Haus nicht mehr, und wenn man es verlässt, dann ist man auf der Hut, doch allmählich gewöhnt man sich daran, das sind ja nur Worte, sagt man sich – sagte mir zumindest Vasco. Die Aussicht auf einen langen Gefängnisaufenthalt würde Edgars Mordlust zügeln, dachte er: Dass er ihm mit dem Baseballschläger die Beine brechen könnte, ja, das traute er ihm zu, aber dass er einen Revolver auf ihn abfeuerte, war für ihn unvorstellbar. Ich hatte ihn trotzdem gedrängt, Anzeige zu erstatten oder wenigstens bei der Polizei eine Beschwerde zu Protokoll zu geben, sicherheitshalber, aber nein, Vasco wollte nicht – was Vasco wollte, war Tina wiedersehen, und es bestand gute Hoffnung, dass sie am Mittwoch darauf bei Christie's sein würde, einen Katzensprung von den Champs-Élysées entfernt.

Bei Christie's. Vasco hatte mich gebeten, ihn dort zu treffen. Als ich ankam, hatte die Versteigerung schon begonnen, der Raum war voll, kein einziger freier Platz mehr. Also bin ich in einer Ecke stehen geblieben, hinten rechts neben den Fotografen und Kameraleuten, weit entfernt von Vasco in der dritten Reihe, den ich von hinten an seinem Jeanshemd erkannte. Und um ihn zu informieren, dass ich da war, habe ich ihm eine SMS geschickt: Dreh dich um, habe ich ihm geschrieben, und dann auf Senden gedrückt, aber sein Handy war wohl im Flugmodus oder stumm geschaltet, vielleicht bemerkte er das Vibrieren in der Tasche nicht, keine Ahnung, auf jeden Fall hat er sich nicht umgedreht – nicht sofort.

Am Eingang hatte man mir einen Katalog mit der Beschreibung, der Nummer, dem Schätzpreis und dem Foto von jedem Los ausgehändigt. Die Versteigerung hatte mit einem Stuhl aus der Zeit Ludwigs XVI. begonnen, einem Stuhl, der 1789 – nicht dem besten Jahr seiner Herrschaft – ins Schloss von Montreuil geliefert worden war, ein Schloss, das der König persönlich seiner Schwester Madame Élisabeth geschenkt hatte, fern der Vorstellung, dass sie fünf Jahre später in zwei schönen Stücken von ungleicher Größe enden würde, der Rumpf auf dem Kippbrett und der Kopf im Korb des Henkers, was eben so passiert, dachte ich, wenn man sich vier Stühle, »Buche profiliert«, wie der Auktionskatalog bescheinigte, in sein Schloss liefern lässt, während jenseits der Mauer, die den Park und die acht Hektar Garten umschließt, das Volk vergeblich nach etwas zum Beißen sucht.

Das Los Nr. 6, eine Patek-Philippe-Uhr von 1955, wurde für fünfundsiebzigtausend Euro verkauft. Vor einem Bildschirm, auf dem das Foto der Patek erschien sowie ihr Preis in verschiedenen Währungen – natürlich in Euro, aber auch in Dollar und Pfund, in Yuan und Yen, in Rubel und sogar in Schweizer Franken, sodass man dem Verlauf der Auktion mühelos folgen konnte, ob man nun Amerikaner, Brite, Chinese, Japaner, Russe war oder seine Kohle in Genf versteckte –, und hinter einem Mahagonipult, auf dem sich in vergoldeten Buchstaben der Name des ehrwürdigen Auktionshauses abhob, waltete der Auktionator mit graumeliertem Haar und vor allem mit einem Hammer seines Amtes, einem Elfenbeinhämmerchen mit Ebenholzgriff – es sah aus wie ein Marshmallow an einem Spieß, das man in einer Sommernacht im Ferienlager über einem Lagerfeuer grillt, während man alte Lieder trällert.

Die folgenden Lose, eine Empire-Pendeluhr und eine neoklassische Potpourrivase, wurden schnell abgefertigt: Bald würde das Highlight der Auktion aufgerufen werden, die Fotografen hatten die Objektivdeckel abgenommen, die Kameraleute prüften ihre Einstellungen, der Saal war jetzt brechend voll, unter die Kunsthändler, Trödler, Antiquare, unter das Fachpublikum mischten sich Dutzende Laien, vermögende Privatleute oder einfach Neugierige, die einen Blick erhaschen wollten, und alle, *praktisch* alle waren wegen Los Nr. 12 gekommen – nur ich war wegen Vasco gekommen, und Vasco war wegen Tina gekommen, aber von Tina nichts.

Dabei hätte sie gut dort sein können, es war sogar erstaunlich, dass sie es nicht war, ich meine, angesichts der maßlosen Liebe, die sie für Verlaine und Rimbaud hegte, denn schließlich hat man nicht täglich die Chance, den Revolver zu sehen, mit dem der eine auf den anderen geschossen hat. Das nämlich war dieses Los Nr. 12, ein Ausnahmelos, wie der Auktionator betonte: ein sechsschüssiger Lefaucheux, Kaliber 7 mm, um 1870 in Lüttich hergestellt, mit der Seriennummer 14096 – der, mit dem Paul Verlaine am 10. Juli 1873 in Brüssel beinahe Arthur Rimbaud getötet hatte.

Ich denke oft an den Tag. Ich sehe sie oft vor mir, die beiden, Rimbaud mit blassblauen Augen und zerzaustem Haar, Verlaine die Hand am Glas und den Blick im Leeren, wie auf dem Gemälde von Fantin-Latour, nur sind sie nicht bei dem Abendessen der Vilains Bonshommes, haben sie nicht jene Dichter zur Gesellschaft, deren Namen uns nicht einfallen, die Vers um Vers an ihrem Ruhm arbeiteten, ohne sich einen Augenblick lang vorzustellen, dass sie ihn dem Umstand verdanken würden, eines Nachmittags in Begleitung von Verlaine und Rimbaud um einen Tisch herum Modell gestanden zu haben; nein, sie sind in Brüssel in der Maison des Brasseurs an der Grand-Place, unweit der Galeries Saint-Hubert, unweit der Waffenhandlung Montigny, wo Verlaine früher an diesem Vormittag den Revolver erworben hat, mit dem er sich, wenn seine Frau nicht binnen drei Tagen zu ihm kommt, eine Kugel durch den Kopf jagen wird, wie er geschworen hat – das wiederholt er Rimbaud, während er sein Glas leert, und Rimbaud, während er das seine leert, sagt nichts, er schweigt, er kann nicht mehr, Rimbaud will zurück nach Paris, aber einstweilen behält er das für sich, das könnte Verlaine missfallen, also schaut er ihn schweigend an; schließlich steht er auf, zieht ihn am Ärmel, gibt ihm den Arm, komm, wir gehen, Richtung Hotel À la Ville de Courtrai, Rue des Brasseurs, wo Verlaine ein Zimmer genommen hat. Da sind sie nun. Und dann: *Da, für dich! weil du abhaust!* Verlaine schießt zwei Mal: Die erste Kugel bleibt im Fußboden stecken, die zweite in Rimbauds Handgelenk. Verlaine wird etwas später auf einem Bahnsteig festgenommen, den Revolver in der Hand.

Und jetzt war der Revolver hier.

Bei Christie's, auf einem Ständer, rechts neben dem Auktionator, der ihn zu einer Summe über dem höchsten Schätzwert aufrief: Wir beginnen bei achtzigtausend Euro, sagte der Auktionator, während ein Mann in der Mitte des Saales zwischen zwei Stuhlreihen hindurchging – in dem Moment, den Vasco sich ausgesucht hatte, um auf sein Handy zu schauen.

Der Mann trug einen grünen Filzhut und eine dunkelblaue Cabanjacke. Später erfuhr ich, dass er der Direktor des Hotels Arthur Rimbaud war – das Vasco und Tina kannten. Und sofort brachte er die Auktion auf Touren, sofort sagte der Mann in der dunkelblauen Cabanjacke, während Vasco, der endlich meine Nachricht – »Dreh dich um« – gelesen hatte, sich umdrehte, mit dröhnender Stimme hundertzwanzigtausend.

Hundertzwanzigtausend für den Herrn mit grünem Filzhut, wiederholte der Auktionator, gibt es jemanden mit hundertfünfundzwanzigtausend?

Und vielleicht wäre man dabei geblieben, vielleicht hätte der Hoteldirektor es für hundertzwanzigtausend Euro mitgenommen, das Los Nr. 12, wenn Vasco nicht im selben Augenblick kurz gewunken hätte, um mir zu bedeuten, dass er mich gesehen hatte, und vor allem, wenn der Auktionator, der Vascos erhobenen Arm sah, nicht, zu Unrecht, geglaubt hätte, er bekunde seinen Willen, ein höheres Angebot abzugeben. Hundertfünfundzwanzigtausend in der dritten Reihe, fuhr der Auktionator fort, während sich alle Blicke auf Vasco richteten, der sich auf der Stelle hätte erklären können, erklären, dass es sich um einen Irrtum handle, dass er nur hinten im Saal einen Freund gegrüßt habe, dass er niemals ein höheres Angebot habe abgeben wollen, niemals die Absicht gehabt habe, einen Revolver zu kaufen, nun, ja, doch, aber nicht den da, nicht den Revolver von Verlaine und vor allem nicht für diese astronomische Summe, die er sowieso nie zu begleichen in der Lage wäre – seine Taschen waren leer und sein Konto jeden zweiten Monat in den Miesen. Aber nein, nichts. Vasco hat nichts gesagt. Er hat nur den Arm sinken lassen und gewartet, dass es vorübergeht.

In diesem Moment war er nur *virtuell* Eigentümer des Revolvers, aber im Falle, dass niemand bereit wäre, ein höheres Angebot abzugeben, würde er *offiziell* zum Erwerber. Gott sei Dank hatte der Hoteldirektor nicht sein letztes Wort gesprochen; sehr rasch hat er fünftausend Euro höher geboten und damit die Blicke von Vasco abgelenkt und ihm unzählige Scherereien erspart. Aber man muss wohl glauben, dass Vasco an dem Tag nach Scherereien suchte. Man muss glauben, dass er sich um Scherereien nicht scherte.

Der Richter hat nach dem Modell auf seinem Schreibtisch gegriffen (auf seinem Schreibtisch stand das Modell eines herrlichen Dreimasters, ein Geschenk, hatte mir der Richter gesagt, das er aus Brest mitgebracht hatte, wo er zuvor tätig gewesen war – ich hatte mich ein wenig über ihn informiert, er hatte das Verfahren gegen einen braven Kerl eingestellt, der verdächtigt worden war, einen üblen Kerl ins Meer geworfen zu haben, es gab Leute, die behaupteten, er verdanke die Versetzung seiner humanistischen Rechtsprechung, andere vertraten die Ansicht, man habe seine Nachgiebigkeit bestrafen wollen), er hielt das Modell in beiden Händen, eine unter dem Heck, die andere unter dem Bug, und sagte, na los, machen Sie weiter. Und ich dachte, wennschon, dennschon, da er den Eindruck macht, so was zu mögen, also Schiffe, benutzen wir halt die Metapher: Wissen Sie, habe ich gesagt, jeder durchquert das Leben auf einer zierlichen Barke, die von Meer zu Meer schaukelt, und jeder tut, was er kann, um sie seetüchtig zu halten. Es kommt vor, dass sie leckschlägt, und dann schöpft man. Es kommt auch vor, dass man sie untergehen sieht, ohne so recht zu wissen, warum, und anstatt zu schöpfen, tut man was? Man versenkt sich selbst. Man schlitzt den Rumpf auf. Man wird sinken, das weiß man, man schert sich nicht drum: Man fragt sich nur, ob das Wasser warm ist.

Auch das ist das Leben.

Man bricht zusammen.

Man flippt aus.

Man schießt in einem Hotelzimmer in Brüssel in den Arm eines Freundes.

Man hebt bei einer Auktion in Paris den Arm.

Man sagt hundertvierzig.

Genau das ist an jenem Tag passiert. Vasco hat erneut den Arm gehoben, und mit sehr ruhiger Stimme, besonnen, als wäre sein Satz reiflich überlegt, als hätte er jeden einzelnen Buchstaben auf der Feinwaage des Schicksals abgewogen, hat er gesagt: hundertvierzig.

Wir haben ein Duell, hat der Auktionator erfreut gesagt: Einhundertvierzigtausend Euro in der dritten Reihe.

Hundertsechzig hat der Hoteldirektor wie aus der Pistole geschossen geantwortet, der jetzt in Zwanzigtausenderschritten bot.

Hundertachtzig, sagte Vasco.

Aber der Hoteldirektor hat sich nicht aus der Fassung bringen lassen und zweihunderttausend Euro geboten. In dem Moment dachte ich, Vasco habe sich einen Spaß geleistet, aber jetzt sei Schluss mit dem Blödsinn, aber nein, da hatte ich ihn schlecht gekannt. Als der Auktionator fragte, ob es jemanden für zweihundertfünfzigtausend gebe, hat Vasco nichts gesagt. Nicht einmal den Arm hat er gehoben. Er hat nur leicht genickt, und es ging wieder los, der Auktionator wandte sich von einem zum anderen, vom Hoteldirektor zu Vasco, indem er die Arme schwenkte wie ein Dirigent, nur dass er an der Stelle des Taktstocks einen Hammer hatte.

Dreihundertfünfzig, wagte der Hoteldirektor nach kurzem Zögern, und dem Zögern konnte man entnehmen, dass er sein Pulver verschossen hatte, dass er, sollte Vasco höher bieten, nicht weitergehen würde.

Und Vasco bot höher.

Dreihundertsechzigtausend Euro, wiederholte der Auktionator und sah dabei den Hoteldirektor an, bieten wir höher, bieten wir nicht höher?

Wir bieten nicht höher, hat der Hoteldirektor enttäuscht gesagt.

Schlage ich zu?

Und da niemand sich dem widersetzte, schlug der Auktionator mit dem Hammer auf sein Pult, und das war's.

Aha, so klärt sich alles, sagte der Richter und zeigte mir das Haiku:

Bei Christie's Hand hoch
Der Revolver von Verlaine
Zuschlag! und verkauft

Genau, sagte ich, zugeschlagen bei dreihundertsechzigtausend Euro, Hammerpreis, und da man noch diverse Kosten hinzufügen musste, also für eine Gesamtsumme von vierhundertvierunddreißigtausendfünfhundert Euro.

Die Auktion war noch nicht beendet, es sollten noch weitere Nummern aufgerufen werden, aber der Saal leerte sich nach und nach, und ich sah, wie der Hoteldirektor auf Vasco zuging. Er wird ihm die Fresse polieren, dachte ich, du wirst sehen, Väterchen, er wird ihm die Fresse polieren und du kannst ihn in Einzelteilen aufsammeln. Aber nein, ganz und gar nicht, er war ein *Gentleman*, er schüttelte ihm die Hand und gratulierte ihm. *Fair Play*, der Mann. Verlor deswegen aber nicht den Kopf: Wenn Sie sich eines Tages davon trennen wollen, wagte der Direktor und gab ihm seine Karte, wissen Sie, wo Sie mich erreichen.

Du bist krank, Junge, du bist völlig krank, habe ich zu Vasco gesagt, und vielleicht hört man das im Mündlichen nicht, aber ich versichere Ihnen, dass mein Satz mit Ausrufezeichen gespickt war, es gab mindestens zwei oder drei oder vielleicht ein paar mehr, und übrigens, zögern Sie nicht, die auch hinzuschreiben, sagte ich und drehte mich zum Gerichtsschreiber um, zögern Sie nicht zu schreiben,

Du bist völlig krank!!! Wo willst du die herkriegen, du Depp, die vierhundertvierunddreißigtausend?

Vierhundertvierunddreißigtausendfünfhundert, hat Vasco korrigiert. Dann: Mach dir deswegen keine Sorgen, ich habe da so eine Idee. Und jetzt habe ich wenigstens *wirklich* etwas, um mich zu verteidigen.

16

Es kommt der Tag, Tina, da wird man meine Verse,
Die deine Krone sind und mich so überleben
In ihrer ganzen Pracht viel besser erst verstehen
Weil du in ihnen strahlst dank deiner Haare Glanz
Es kommt der Tag, da wird man deiner Augen wegen,
Durchdringend und doch sanft, sie sahen wie kein andrer
Den neuen Tag bereits im letzten Abendlicht,
Die Verse, die ich schrieb, viel besser erst verstehen

Gar nicht so schlecht, hat der Richter gesagt.

Und wie könnte man ihm nicht zustimmen? Das Gedicht war bei weitem das schönste aus Vascos Heft. Und sollte auch sein Stolz darunter leiden, selbst Vasco hätte zugestimmt: Diese Verse waren nämlich nicht von ihm, sondern von Aragon. Und keiner, weder Du Bellay noch Ronsard noch Labé noch Rimbaud noch Verlaine noch Mallarmé noch Musset noch Sappho noch Chénier noch Chedid noch Éluard noch Desnos noch Baudelaire noch Apollinaire – nicht mal Apollinaire –, keiner wiegt Aragon auf, wenn es darum geht, die Liebe in Verse zu fassen, und die Liebe Aragons hatte nur einen einzigen Namen: Elsa.

Sehr schön, sehr, sehr schön, rief der Richter begeistert,

nachdem er das Gedicht noch einmal laut vorgelesen hatte, und ich ahnte, was er dachte: Es war unmöglich, ja es war undenkbar, man konnte keinen Mord geplant haben, wenn man solche Verse verfasst hatte. Also sagte ich nichts. Für Vascos Heil unterließ ich es, darauf hinzuweisen, dass er hier nur die Verse von Aragon hatte nehmen und den Vornamen Elsa durch Tina ersetzen müssen.

Zwei Monate waren vergangen, seit Vasco den Revolver erworben hatte, und sein Leben war zu einem dieser absurden mathematischen Probleme geworden, die unlösbar scheinen: Ein Tag hatte vierundzwanzig Stunden, Tina schlief sieben Stunden – wie groß war die Wahrscheinlichkeit, dass Vasco sie beim Verlassen ihres Hauses traf, wenn er wusste, dass sie dreimal am Tag rausging, zum ersten Mal, um ihre Söhne in die Krippe zu bringen, zum zweiten Mal am späten Vormittag oder am frühen Nachmittag, um einen Kaffee zu trinken, einen Kaffee oder ein Glas Weißwein, das hing von den Tagen ab, von den Tagen und von ihrer Stimmung, drinnen oder auf der Terrasse, das hing vom Wetter ab, wenn Sonne schien auf der Terrasse, drinnen, wenn es regnete, zum dritten Mal schließlich, um ihre Söhne von der Krippe abzuholen, wie groß war also die Wahrscheinlichkeit, dass Vasco sie heimlich sah, und wäre es nur eine Handvoll Sekunden, er, der jeden Tag nur ein einziges Mal bei ihr vorbeiging?

Ich habe keine Ahnung, aber ich vermute, die Antwort lautet: verschwindend klein. Vierundzwanzig Stunden an einem Tag, das sind tausendvierhundertvierzig Minuten, von denen man die sieben Stunden Schlaf abziehen musste, das waren immer noch siebzehn mögliche Stunden, in denen Tina aus dem Haus gehen konnte, also genau tausendundzwanzig Minuten. Natürlich gab es Minuten, in denen die Chance, sie an ihrer Haustür oder ein paar Meter weiter an der Ecke des Boulevards zu finden, unendlich viel größer war als in anderen, morgens zum Beispiel, zwischen acht und neun Uhr, wenn sie ihre Söhne in die Krippe brachte, oder am späten Nachmittag, wenn sie sie abholte, aber zu diesen Zeiten verbot sich Vasco, an Tinas Haus vorbeizugehen, er sagte, so *billig* will ich es nicht, er wollte sich dem Zufall, dem Schicksal überlassen, und wenn er Tina sehen sollte, wollte er, dass sie allein war, also ging er nur am frühen Nachmittag, nach dem Mittagessen, vorbei – und kein einziges Mal hat er sie gesehen.

Oft ging er auch kurz vor Mitternacht vorbei.

Edgar und Tina bewohnten eine Wohnung in der dritten Etage eines schönen Hauses: Vom Wohnzimmer sah man auf den Boulevard des Courcelles, aber wenn die Bewohner nicht am Fenster standen, konnte man sie von unten unmöglich sehen, nicht einmal vom Bürgersteig gegenüber. Vasco ging nachts unter ihrem Fenster vorbei, weil nachts Licht war, und das Licht *bezeugte* Tinas Anwesenheit. Sie war da, wenn auch nicht im Bild, sie las oder hörte Musik oder lernte Text. Dann stand er ein paar Minuten versonnen, träumerisch, schweigend vor ihrer Tür; und schließlich ging er nach Hause.

Edgar hatte beschlossen, die Wohnung zu verkaufen. Tina fühlte sich wohl in dieser Wohnung, aber sie hatte nicht mitzureden, nach allem, was du getan hast, hatte Edgar gesagt, hast du nicht mehr mitzureden, also hatte Tina reuig zugestimmt. Sie sah darin die Gelegenheit zu einem *Neuanfang*, und er, *einen krassen Veräußerungsgewinn zu erzielen*: Die Preise gingen durch die Decke, und diese »einzigartige Perle gegenüber dem Parc Monceau« – so die Überschrift der Anzeige –, drei Jahre zuvor für sechshundertdreißigtausend Euro gekauft, wurde jetzt für achthunderttausend angeboten. Die Anzeige hing im Schaufenster einer Immobilienagentur, die Agentur war drei Schritte von der Wohnung entfernt, die Vasco dank Verlaine sofort erkannt hatte: Die Anzeige enthielt Art und Lage der Immobilie, den Preis, den Energieausweis und ein Foto des Wohnzimmers mit dem riesigen Bücherregal und in der Mitte des Regals das vergrößerte Porträt von Verlaine, das ich Tina geschenkt hatte.

Vasco hatte die Agentur betreten, guten Tag, ich habe eine Frage, sagen Sie bitte, die Wohnung da, die »einzigartige Perle«, steht die noch zum Verkauf? Das tut sie, hatte der Makler geantwortet, ein kleiner Mann, der einen kakifarbenen Rollkragenpullover unter dem Jackett trug, und da die Eigentümer über das Wochenende verreist sind, bieten wir morgen früh Besichtigungen an. Möchten Sie sie sehen?

Der nächste Tag war ein Samstag. Vasco und ich hatten uns angewöhnt, uns bei Marcel zu treffen, einem Café, das berühmt war für die besten Pancakes der Stadt. Vasco erzählte mir von seiner Woche, das heißt, er sprach von Tina, ausschließlich von Tina, er sagte mir, wie sehr er an Tina dachte, wie er von Tina träumte, er träumte, dass ihn Tina mitten in der Nacht anrief, damit er zu ihr in ein Hotelzimmer komme, er masturbierte den lieben langen Tag und dachte beim Masturbieren nur noch an Tina, er entwarf in Gedanken diverse Szenarien, Hirngespinste ohne Folgen, er stellte sich zum Beispiel Tina in ihrer Wohnung mit vier Umzugsleuten vor, die sie nacheinander beschliefen, während Edgar, einen Strumpf in den Mund gestopft, an die Heizung gefesselt, alles mit weit aufgerissenen Augen ansehen musste.

Eines Samstags kam er also ganz stolz zu Marcel und sagte, rate, rate mal, wo ich eben war? Und er erzählte mir, wie er sich im Regen vor der Haustür am Boulevard de Courcelles 66 mit dem Makler getroffen hatte, der denselben Rollkragenpullover trug wie am Vortag. Der Makler hatte den Zugangscode eingegeben, Vasco war ihm mit klopfendem Herzen in den Hausflur, dann die Treppe hinauf gefolgt, bis in die dritte Etage, wo, linke Tür, die Wohnung von Edgar und Tina lag. Und dann hatte der Makler einen Schlüsselbund aus der Tasche gezogen, hatte einen Schlüssel mit kurzem Schaft und gewelltem Bart probiert, nein, das war er nicht, dann einen anderen, gezackten, nein, auch nicht, einen dritten, und Vasco hatte sich gefragt, ob er es irgendwann schaffen würde; schließlich hatte sich die Tür geöffnet: Nach Ihnen, hatte der kleine Mann mit Rollkragenpullover gesagt.

Das Erste, was er in der Wohnung sah, war das Schränkchen in der Diele, gegenüber der Tür, weißt du, sagte Vasco, so ein Schränkchen, das jeder hat, auf das Schränkchen stellt man eine Keksdose und in die Keksdose kommt so Kleinkram, irgendwelches Zeug, ein Haargummi, eine Sicherheitsnadel, Schlüssel, ein Feuerzeug. Na, in dieser kleinen Keksdose auf dem kleinen Schränkchen in der Diele jedenfalls, fuhr Vasco fort, in der kleinen Keksdose, die übrigens gar nicht so klein ist, die sogar eher groß ist, also vielleicht so groß wie ein Schuhkarton, du kommst nie drauf, was ich darin gesehen habe.

Sag schon, habe ich gesagt.

Nein, nichts.

Er hatte es sich anders überlegt.

Na los, sag schon, habe ich verlangt.

Aber nein, er hat mir nichts gesagt, nur, dass er sich ein paar Sekunden über die kleine Keksdose gebeugt hatte, bevor ihn der Makler mit einer entschiedenen Bewegung aufforderte, ihm ins Wohnzimmer zu folgen. Natürlich muss man sich das Wohnzimmer *ohne* die Regale vorstellen, und er zeigte auf die vielen Bücher. Da hatten Sie zum Beispiel eine freie Wand für eine hübsche Fernsehecke. Vasco war nicht drauf eingegangen.

An das Wohnzimmer schloss sich eine offene Küche an, mit allen Annehmlichkeiten der modernen Technik, hat der Makler erläutert. Am Kühlschrank hingen, mit Magneten befestigt, die Zeichnungen von Arthur und Paul, bizarre Formen, ohne jegliche Treue zur realen Welt, mit Filzstiften in verschiedenen Farben gemalt – ein kräftiger Schlag ins Gesicht der figurativen Kunst. Das Zimmer der Zwillinge war rechts, direkt neben dem Schlafzimmer der Eltern, nicht sehr groß, aber sonnig, nach Süden, und vor allem, ließ ihn der Makler wissen, mit einem drei Quadratmeter großen begehbaren Kleiderschrank.

Wird das zur Wohnfläche gerechnet?, fragte Vasco mit scheinbarem Interesse.

Der begehbare Schrank war durch eine Wand aus Gipskarton abgetrennt, die durch einen Faustschlag beschädigt war. Es sind keine Arbeiten nötig, merkte der Makler an, alles tipptopp, nur diese Wand muss vergipst werden, auch das Bad braucht vielleicht ein kleines Update. Während er das sagte, schob er die Tür auf, eine Holztür mit unregelmäßiger Maserung, die in einen weiß gekachelten Raum von bescheidener Größe führte.

Beachten Sie die Badewanne, sagte der Makler, in Paris der reinste Luxus. Vasco kannte diese Badewanne schon. Unempfänglich für das ökologische Argument, ein Wannenbad verbrauche so viel Wasser wie fünf bis sieben Mal duschen, badete Tina häufiger, als sie duschte: Die Dusche, sagte sie, reinigt den Körper, aber das Bad reinigt den Geist. Abends, nachdem sie den Zwillingen eine Geschichte vorgelesen hatte, ließ sie sehr heißes Wasser einlaufen, gab Schaumbad dazu, löschte das Licht, zündete eine Kerze an, die sie auf den Badewannenrand stellte, und hörte eine halbe Stunde lang mit geschlossenen Augen Jazz, dachte an nichts außer an den Genuss, den sie empfand, das geradezu kindliche, primitive Glück, im Wasser zu liegen, an die Empfindung des Wassers an ihrem Körper; und dieser kurze Moment täglicher Seelenruhe entschädigte hundertfach für die Absurdität des Lebens. Manchmal war die Wonne so groß, so intensiv, dass sie erotisch wurde. Dann legte Tina den Duschkopf zwischen ihre Schenkel, stellte das Wasser noch wärmer und modulierte den Druck des Strahls nach ihrer Laune, ihrer Fantasie, oder sie benutzte die Ente.

Sie hatte eine vibrierende Ente, wasserdicht und gelb, mit orangem Schnabel und blauen Augen, gekauft in einem Sexshop in Pigalle. Als sie an einem Abend in ihrem Bad saß, hatte Tina Vasco ein Foto von sich geschickt, schaumbedeckt, die Ente auf ihrer Brust. Er hatte einen Abzug davon machen lassen, den er immer in seiner Brieftasche bei sich trug. Jetzt lag die Ente in der Wanne, zwischen Kinderspielzeug.

An der Wand hing ein Kleiderhaken, am Kleiderhaken hing ein marineblauer Bademantel, der Bademantel spiegelte sich in einem quadratischen Spiegel, der Spiegel hing über einem Doppelwaschbecken, das Waschbecken war in ein Teakholzschränkchen eingebaut und das Schränkchen stand halb offen: Darin sah man einen Nagelknipser, eine

Dose Rasierschaum, eine Schachtel Beruhigungsmittel, ein betäubendes Gel, das *die Empfindlichkeit des Penis zu verringern* versprach, und verschiedene Kosmetikprodukte, Vasco erkannte einen Hautbalsam, einen Lippenstift, Rouge, Lidschatten, Fond de teint, ein Serum neben dem anderen, Lotionen und Cremes mit ähnlicher Funktion: die unvermeidliche Erschlaffung der Haut zu mindern und hinauszuzögern.

Und dann der Gral, hat Vasco gesagt. Und mit einem schuldbewussten, aber stolzen Lächeln hat er den Parfumflacon auf den Tisch gestellt, Tinas Parfumflacon, direkt neben den Teller, auf dem nur noch in einer Siruppfütze ertrunkene Krümel vom Pancake lagen.

Aber das alles, die häufigen Gänge vorbei an Tinas Haus, der Besuch der Wohnung und der Diebstahl des Parfums, das alles habe ich dem Richter auch nicht gesagt: Vasco brauchte mich nicht, um die Anklageschrift mit zusätzlichen Beschuldigungen zu beschweren, ich war nicht hier, um ihn reinzureiten, also habe ich nur gesagt, dass etwas weniger als zwei Monate vergingen und dass Vasco das Leben ohne Tina geruchlos, farblos, reizlos erschien – wie die Eigenschaften von stillem Wasser, hat der Richter gesagt, genau, habe ich gesagt, wie die Eigenschaften von stillem Wasser.

Und dann ist Vasco abgehauen. Er hat seinen Koffer gepackt und ist nach Venedig gefahren.

Ach, Venedig, hat der Richter geseufzt, und ich hätte schwören können, dass sich in dieses *Ach* Bedauern mischte und dass sich in das Bedauern Schuldgefühle schlichen, vielleicht wegen einer Jugendliebe, Gefühle, die er vergessen wähnte, und die plötzlich wieder da waren, wie aufgetaucht aus den Wellen des Canal Grande, die er zwanzig Jahre zuvor hatte plätschern hören, während er einen Aperol Spritz schlürfte; aber dieses *Ach* konnte genauso gut bedeuten, dass er nie in Venedig gewesen war, dass er schon lange davon träumte und dass er sich plötzlich fragte, was ihn dazu trieb, um fünf Uhr abends in einem Büro Gedichte zu kommentieren, wenn doch das Leben selbst ein Gedicht sein könnte, wenn er doch gerade die im Himmel über dem Markusdom kreisenden Möwen beobachten könnte oder die Gondeln unter der Rialtobrücke oder die von der Sonne bestrahlte Santa Maria della Salute.

Venedig, habe ich wiederholt. Ein Gefühlsverstärker: Wenn Sie glücklich in Venedig ankommen, reisen Sie zehnmal glücklicher wieder ab; kommen Sie unglücklich an, verhundertfacht sich Ihr Unglück.

Proust hat geschrieben, die Liebe bestehe aus Raum und Zeit, die dem Herzen fühlbar gemacht wurden. Und die fern von Tina verbrachte Zeit schien Vasco endlos. Das Bewusstsein, man habe nichts mehr zu hoffen, hat Proust ebenfalls geschrieben, bedeutet dennoch nicht, dass man nicht mehr weiter wartet. Und Vasco in seinem Gästezimmer in Venedig wartete. Es liegt etwas Tröstliches darin, sich den abgenutztesten Klischees des Liebeskummers zu unterwerfen, wie etwa unzählige Flaschen zu leeren und dabei *La canzone dell'amore perduto* zu hören, wahrscheinlich das traurigste Lied der Welt, dann Tinas Parfum verduften zu lassen, Tag für Tag etwas mehr von dem Duft an dem

Ort zu verbreiten, von dem man auf Anweisung der Vermieterin schließlich selbst verduftet; eines Morgens ist Vasco nach Paris zurückgekehrt, noch düsterer als bei seiner Abreise, in Tina verliebter denn je, entschlossener denn je, sie wiederzusehen; er hat sich am Eingang zum Parc Monceau postiert; irgendwann würde sie vorbeikommen.

Drei Tage lang sind Hunderte, Tausende Menschen unterschiedlichen Alters und Geschlechts, Männer und Frauen, Junge und Alte an ihm vorbeigegangen; er hat sogar ein paar Berühmtheiten erkannt, Claude Lelouch und Valérie Perrin, Fabrice Luchini mit Baskenmütze, der La Fontaine deklamierte, während er mit entschlossenem Schritt vorbeiging; aber keine Tina. Dann hat Vasco beschlossen, nicht mehr vor dem Eingang zum Parc Monceau, sondern vor ihrem Haus zu warten, auf dem Bürgersteig gegenüber, an den Zaun gelehnt, Pech, wenn er Edgar traf, Pech, wenn er eher Edgar als Tina zu begegnen drohte, aber tatsächlich drohte gar nichts, denn Edgar und Tina, habe ich gesagt, aber der Richter hat mich nicht ausreden lassen. Er wusste Bescheid.

Der Abend brach herein, zu deinem Haus ich ging
Und wieder schaute ich hinauf zu deinem Zimmer
Und wieder dachte ich, vielleicht seh ich den Schimmer
Smaragdgrün deiner Augen, saphirblau deines Rings

Wenn du mich siehst, dacht ich, wirst du dir sagen müssen
Was kommen musste, kommt, nun steht mein Meister da
Bezwinger meines Herzens, nichts andres ist er ja
Du würdest sagen, komm! Bedecke mich mit Küssen!

Ans Fenster trat ein jung verliebtes Paar, voll Charme
Beglückt ihr Lächeln, frohe Blicke, Arm in Arm
Sie beugten sich hinaus, was war das für ein Bild?

– Gleich würde ich verstehen und mir die Haare raufen –
Nun sah ich, was sie taten, sie nahmen fort ein Schild
Drauf weiß und blau die Worte: Hier Wohnung
ZU VERKAUFEN!

17

Verkauft, die »einzigartige Perle gegenüber dem Parc Monceau«.

Edgar und Tina waren vom 17. ins 9. Arrondissement gezogen, in die Mitte des Dreiecks, das die Metrostationen Liège, Saint-Georges und Pigalle bilden, in den Neunzigern vor allem von Sex-Shops und Nepper-Bars bevölkert, heute so gründlich gentrifiziert, dass ein Bewohner es scherzhaft in SoPi umbenannt hatte – ein Akronym für South Pigalle, das die Immobilienmakler schnellstens aufgenommen hatten. Das klang cool und angesagt, mit einem Wort: nach New York, das konnte ausländische Investoren anlocken, das würde die Quadratmeterpreise in die Höhe schießen lassen, man würde sich die Taschen vollstopfen.

Tina hatte mich schwören lassen, Vasco ihre neue Adresse nicht zu verraten, und trotz Vascos Flehen hielt ich Wort. Er war wütend, ärgerte sich, war mehr als zehn Tage eingeschnappt, und vielleicht bin eher ich als sie der geheime Adressat der *Taubenarche*.

Verflucht
sei die Großmutter
der Gattin des Urgroßvaters
der das Kreuz schnitt in den Stamm
des Kautschukbaums, aus dem man das Latex gewann
mit dem zuerst Gummi produziert werden musste
aus dem man die Räder zu machen wusste
um die Maschinen zu transportieren
und den Weg zu asphaltieren
auf dem dein Vater
deine Mutter
traf

Warum dieser Titel? Ich habe keine Ahnung. Ich weiß nur, dass Tina umgezogen war und dass Vasco vielleicht auch würde umziehen müssen. Wegen seines kleinen Auftritts bei Christie's drohte er seinen Job zu verlieren.

Kennen Sie Artikel L 321–14 des Handelsgesetzes?, habe ich gefragt.

Warten Sie, hat der Gerichtsschreiber gesagt. Als er es auf Légifrance gefunden hatte, las er laut vor: »Das ersteigerte Gut kann dem Erwerber erst ausgehändigt werden, wenn das Auktionshaus den Preis erhalten hat oder ihm die Bezahlung des Preises durch den Erwerber garantiert wurde.«

Genau, habe ich gesagt. Das Auktionshaus – in diesem Fall Christie's – hatte den Preis des Revolvers natürlich nicht erhalten. Es hatte jedoch die von Vasco beigebrachten Garantien für *hinreichend* erachtet: Nicht auf eigene Rechnung, sondern auf die der BnF, so dachte man bei Christie's, habe er Los Nr. 12 erworben.

Man muss dazusagen, dass in den Auktionshäusern häufig Bibliothekare der BnF auftauchen, die ein Vorkaufsrecht für Kulturgüter ausüben können. Der Anspruch des Käufers geht dann an die Bibliothek über. Und da ihr dafür ein Jahresbudget von mehreren Hunderttausend Euro zur Verfügung steht, habe ich dem Richter erklärt, ist es nicht selten, dass ein Bibliothekar sich nach dem Zuschlag zu erkennen gibt, um dem Käufer mitzuteilen, das Objekt, das er erworben zu haben glaube, werde leider, leider in die Sammlung der Bibliothèque nationale wandern.

Aber man muss auch sagen, dass die Bibliothekare den Arm erst *nach* dem Zuschlag heben, niemals *davor*. Niemals, habe ich wiederholt: Damit würden sie die Gebote in die Höhe treiben. Deshalb hätte Christie's misstrauisch werden müssen; und als Vasco zur Ausgabestelle kam, als er seine Bibliothekarskarte und seinen Ausweis vorzeigte, um den Revolver abzuholen, hätte man ihn niemals herausgeben dürfen.

Und trotzdem hat man ihn herausgegeben.

In Luftpolsterfolie mit einem Auktionsbeleg.

Fast hätte man ihm noch die Kugeln geliefert, mit den besten Grüßen des Hauses.

Die Kugeln hat Vasco in einem Online-Shop gefunden: eine Packung mit zehn Lefaucheux-Patronen, Kaliber 7 mm, für sechs Euro. Zehn für sechs: Ein gutes Geschäft, sagte er sich.

Und so fanden wir uns, er und ich, an einem Dezemberabend im Bois de Boulogne wieder, zwanzig Schritte von einer Coca-Cola-Dose entfernt, die einen Meter über dem Boden hing, durch einen Bindfaden mit dem Ast eines Nussbaums verbunden: Vasco wollte sehen, was das alte Schießeisen draufhatte – aber das habe ich dem Richter nicht gesagt, er musste ja nicht alles wissen.

Musste nicht wissen, dass ich im Scherz auf Vasco angelegt, auch nicht, dass ich den Abzug gedrückt hatte. Musste nicht wissen, dass er dann den Revolver geladen und mich aufgefordert hatte, als Erster zu schießen, auch nicht, dass ich abgelehnt hatte, indem ich so tat, als ließe ich ihm den Vortritt, obwohl ich in Wirklichkeit Angst hatte, der Revolver werde in meiner Hand explodieren: Schließlich ist es deine Idee, hatte ich gerufen, dein Revolver, dir gebührt die Ehre! Also hat er sechs Schüsse abgegeben, erst zwanzig, dann zehn, dann fünf Schritte von seinem Ziel entfernt, ohne es je zu treffen: Er stellte sich tollpatschig an, zielte immer einen halben Meter zu hoch, die Cola-Dose rührte sich nicht. Dann hat er die Hülsen rausgeholt, die Trommel neu geladen, da, versuch's, hat er zu mir gesagt. Nein, danke, kommt nicht infrage. Na gut, wie du willst, dann hat er die Dose erledigt, ein Schuss aus nächster Nähe.

Und natürlich hat die BnF irgendwann die Rechnung für den Revolver erhalten, habe ich weitererzählt. Was die wohl für ein Gesicht gezogen haben? Vierhundertvierunddreißigtausend Euro. Die man sich natürlich zu zahlen geweigert hat. Zu diesem Zeitpunkt hat mir Vasco einen Begriff beigebracht, den er gerade gelernt hatte: *leichtfertiges Gebot*. So sagt man, wenn eine Person das Los ersteigert, die der Zahlungsverpflichtung nicht nachkommen kann. Dann wird das Objekt wieder zum Kauf angeboten und der zahlungsunfähige Ersteigerer muss die Differenz zwischen seinem letzten Gebot und dem neuen Auktionspreis bezahlen. Und genau das hätte passieren müssen. Christie's hätte sich den Revolver zurückgeben lassen, ihn erneut versteigern und die Preisdifferenz von Vasco einfordern müssen. Allerdings, habe ich gesagt. Allerdings hätte die Angelegenheit auf der Titelseite der Zeitungen gestanden, wollte Christie's keinen Skandal und war Vasco weiß Gott nicht unzufrieden, der Besitzer des Revolvers von Verlaine zu sein – außerdem war eine Knarre, selbst gebraucht, immer noch besser als ein Teleskopschlagstock, selbst neu.

Und dann passierte Folgendes: Christie's hat den Preis an den Verkäufer gezahlt, nachdem man Vasco zwölf Monate gewährt hatte, um seine Schulden zurückzuzahlen. Man behielt sich vor, nach Ablauf dieser Frist juristische Schritte zu ergreifen. Und das war nicht alles: Für jeden Monat gab es eine Strafgebühr von zweitausend Euro, automatisch fällig am Tag nach Ablauf der Frist. Alles, was Sie wollen, hat Vasco zugestimmt, der ganz andere Sachen im Kopf hatte: Er drohte seinen Job zu verlieren.

Er konnte noch so oft behaupten, er habe nur von *einer Schlamperei der Deppen von Christie's profitiert* – so seine unbekümmerte, um nicht zu sagen, unsinnige Verteidigungsstrategie –, er hatte es bewusst und nicht versehentlich getan. Und indem er bei der Abholung seines Loses die Bibliothekarskarte gezeigt hatte, hatte er glauben lassen, er handle auf Rechnung der BnF, nicht auf seine eigene, weshalb er *die Würde der Einrichtung, der er angehörte, beschädigt hatte* – das beschloss der Disziplinarrat und suspendierte ihn für ein halbes Jahr vom Dienst. Ich pfeif drauf, sagte Vasco zu mir, und tatsächlich pfiff er drauf: Schließlich kam er gar nicht schlecht weg – nicht schlecht tatsächlich, ein halbes Sabbatjahr zu haben, um die unendlichen Raffinessen des Liebeskummers auszukosten.

Und wer Liebeskummer sagt, sagt auch Ablenkung vom Kummer. Sagt kleine Strategien, um zu versuchen, sein Unglück zu überwinden. Vasco hatte mehrere, eine bestand darin, Tinas Nummer zu wählen, aber da Tina Vascos Nummer blockiert hatte (Liebe in den Zeiten des Smartphones: eine ständige Folge von Blockieren und Freigeben), landete er direkt auf ihrer Mailbox, direkt bei der künstlichen Stimme der Mailbox, weiblich, aber neutral – *Guten Tag, hier ist die Mailbox von –*, gefolgt von Tinas Stimme, die nur *Tina* sagte. Und nur dafür, nur um eine halbe Sekunde den Klang ihrer Stimme zu hören, diese drei kleinen Buchstaben, das *i*, das *n* und das *a*, die majestätisch hinter dem großen *T* explodierten, wählte er sechs-, sieben-, achtmal am Tag die allein für ihn obsolete Nummer und hinterließ ihr Nachrichten in die Leere, lange verliebte Nachrichten, hingeworfen, wie man eine Flaschenpost ins Meer wirft – wo es noch eine gewisse Chance gibt, dass die Flasche dank der Gunst der Strömung das andere Ufer erreicht, aber im vorliegenden Fall gab es keine Strömung, gab es kein anderes Ufer, es gab nur ein glattes und endloses Meer, keine Chance, dass Vascos Nachrichten Tina erreichten. Deshalb mochte all das vergeblich erscheinen oder lächerlich, aber nichts, sagte Vasco, nichts, hörst du, ist je vergeblich oder lächerlich, und sogar Sisyphus wahrte bei seinem Steinrollen die Form.

Er selbst wahrte überhaupt keine Form mehr. Er machte die Fensterläden nicht mehr auf, nicht einmal mitten am Tag. Er konnte nicht mehr schlafen, nicht einmal mitten in der Nacht. Die elementarsten Aufgaben – aufstehen, sich waschen, pinkeln – waren für ihn wie ein Berg. Er ließ sich zu essen liefern, aß kaum etwas, blieb im Bett, trug immer dasselbe unförmige T-Shirt, dieselbe ausgeleierte Jogginghose. Er hatte fettige Haare, badete in seinem Schweiß, er stank und schlimmer noch: Er pfiff darauf, zu stinken. Und wenn er ausnahmsweise aus dem Haus ging, dann, um über den Friedhof Montmartre zu spazieren – Erkundungen, sagte er. Er war zufällig auf das Grab von Stendhal gestoßen, eine Stele aus weißem Marmor, so schlicht es nur geht, mit einem Bronzemedaillon, das den Schriftsteller im Profil zeigt. Er hatte seinen Grabspruch gelesen: *Scrisse – Amò – Visse*. Er hat geschrieben, er hat geliebt, er hat gelebt. Und nicht weit von diesem Grab, hat Vasco erzählt, gab es ein anderes, darauf stand: Robert L. (1923–2006), Ehemann von Nicole L., geborene J. (1932–20). Nach der zwanzig für zweitausend war eine Leerstelle, ein freier Raum, den man füllen würde, sobald Nicole L., geborene J., gestorben wäre. Nicole lebte noch, aber sie hatte schon ihren Namen auf einem Grab, ihren Namen als Ehefrau und als Mädchen und ihr Geburtsjahr und die ersten beiden Ziffern ihres Todesjahres, mit goldenen Lettern in den Marmor graviert, als würde der Tod da sein, auf sie warten. Als würde es sie ganz und gar definieren, sagte Vasco, die Frau von Robert zu sein, und als bliebe ihr nach seinem Tod nur noch, selbst zu sterben. Ich bin Nicole, sagte Vasco. Und meinte: Ich warte auf den Tod. Aber das Gute am Tod ist, sofern man ihn *wirklich* herbeiwünscht, muss man nie lange warten: ein Revolver oder Gift oder ein Seil oder ein Rasiermesser, ein bisschen guten Willen und die Sache ist geritzt.

18

Heut Abend noch vor Mitternacht werd ich loshasten
~~Einen Umschlag~~ dabei, dein Name draufgeschrieben
Den Briefumschlag // // // //
Ihn schnellstens einzuwerfen in den nächsten Kasten
~~In ihm die Verse, die mir noch geblieben~~
Darin die Verse meiner tief enttäuschten Liebe

Und nach dem Rückweg dann, ein mühevoller Akt,
Lass ich ein Bad mir ein, und das aus beiden Hähnen
Betrachte lang dein Bild (nur dieses zeigt dich nackt)
Und ~~werde sicherlich~~
Und denk vielleicht im Stillen an deine spätren Tränen

Erfasse nach und nach, was Kummer mit dir macht
Und fasse Mut und fasse nach der Klinge
Und schließe meine Augen zur ungewissen Nacht
Dass rotes Wasser dann mein Herz ins Dunkle bringe

Und dafür, für dieses Gedicht, brauchte der Richter keinen Subtext, brauchte er mich nicht, damit ich ihm irgendeine Bedeutung enthüllte, die sich seiner Lektüre hätte entziehen können.

Er wusste, dass man Vasco in seiner Badewanne gefunden hatte, mit einem Rasiermesser, Schlafmitteln und dem Foto von Tina; er hatte den Arztbericht gelesen: »starkes seelisches Leiden mit Suizidgedanken«; er hatte Vascos Handgelenk gesehen: handgenäht. Vasco hatte etwas Blut verloren, aber nicht viel, er hatte es stümperhaft gemacht, quer, ohne übertriebenen Eifer und ohne die große Vene zu verletzen; dann hatten die Schlafmittel ihre Wirkung getan, er war eingeschlafen und in der Notaufnahme aufgewacht, wo ihn ein Assistenzarzt mit Nadel, Faden und Medizinerwitzen zusammengeflickt hatte, und da er *eine Gefahr für sich selbst* darstellte, hatte man ihn ins Sainte-Anne, in die Psychiatrie aufgenommen.

Er ist im Krankenwagen dorthin gekommen, durch die Allée Paul-Verlaine. Man muss wissen, dass man sich im Sainte-Anne, wo alle Arten psychischer Störungen, angefangen bei Melancholie, behandelt wurden, den Namen des melancholischsten aller Dichter für den Hauptweg ausgesucht hatte, gekreuzt von der Rue Vincent-Van-Gogh, der sich immerhin nur das linke Ohr abgeschnitten hatte, bevor er sich später eine Revolverkugel in die Brust schoss, und der Rue Gérard-de-Nerval, *die schwarze Sonne der Melancholie*, der sich an einem Gitter erhängt hat. Aber warten Sie, das ist noch nicht alles. Sie führte auch zu einem hübschen kleinen Park: dem Parc Charles-Baudelaire. Ganz genau, der Verfasser des *Spleen*. Fehlte nur noch eine Cioran-Statue.

Ziehen Sie dem Liebeskummer die Lumpen der Romantik aus, dann bleibt das übrig: ein Typ, der in einem Zimmer, das nicht abgeschlossen werden kann, auf der

Kante eines am Boden festgeschraubten Bettes sitzt und, den Kopf in die Hände gestützt, durch das vergitterte Fenster blickt. So habe ich ihn angetroffen. Seine Schuhe baumelten im Leeren, man hatte ihm die Schnürsenkel weggenommen. Es schien ihm nicht gut zu gehen, aber seinem Zimmergenossen, einem Japaner, offenkundig nicht besser. Paris-Syndrom, sagte Vasco. Und er erklärte mir, dass man jedes Jahr ein Dutzend Fälle registrierte, hauptsächlich Japaner. Die Diskrepanz zwischen der Wirklichkeit und dem idealisierten Bild, das sie sich von der Stadt machten – propere Straßen, baskenbemützte Schnurrbartträger mit Baguette unter dem Arm, große, gertenschlanke Frauen auf zehn Zentimeter hohen Absätzen und von Kopf bis Fuß in Chanel gekleidet –, dazu die Müdigkeit durch den Jetlag und die lange Flugreise, bewirkte bei manchen von ihnen gewisse Störungen: Der Nachbar von Vasco hatte in Châtelet das Bewusstsein verloren, er war im Sainte-Anne aufgewacht, und seitdem hielt er sich für Napoleon.

Vasco war seit ein paar Tagen dort. Da die Psychiater seine Entlassung aus der Klinik befürwortet hatten – vorausgesetzt, er sei in Begleitung –, haben wir sie zusammen verlassen. Der Japaner hat seine abziehenden Haudegen militärisch verabschiedet, und so saßen wir schließlich auf der Terrasse eines Cafés, er vor einer heißen Schokolade, ich vor einem Kaffee. Und noch einmal haben wir den Film der Ereignisse von Anfang an ablaufen lassen, von seiner Begegnung mit Tina bis zum Rasiermesser auf seiner Haut, und da, keine zwanzig Minuten nach dem Verlassen des Sainte-Anne-Krankenhauses, hat Vasco zu mir gesagt, weißt du, dass die Geschichte aus dem Ruder läuft, habe ich begriffen, als ich in einen Waffenladen gegangen bin.

Dann hat er mir erklärt, dass er Neuigkeiten von Tina habe, dass sie ihm *endlich* geschrieben habe, einen ganz schlichten, sehr nüchternen Brief, in dem sie ihm sagte, sie habe sich *für die Vernunft* entschieden, nämlich bei dem *Mann ihres Lebens* zu bleiben – mit dem sie, wie sie präzisierte, *ihr Leben aufzubauen* beschlossen habe. Sie hoffte, er werde verstehen, sie wünschte ihm Glück für die Zukunft, sie schloss mit der Höflichkeitsfloskel: *Alles Gute.*

Alles Gute, habe ich wiederholt.

Das hätte das härteste Herz zerrissen.

Denn genau das hatte es nicht, Herz.

Es war kalt, schroff, gefühllos. Das war nicht Tina.

Und doch kam es von ihr.

Ihre begierigen, unersättlichen Lippen, die so oft in Anbetung auf den seinen gelegen, sie so oft verschlungen hatten, die so oft *mein Liebster* gemurmelt hatten, hatten diese beiden Worte gesagt: *Alles Gute.*

Und ihre Hand. Ihre Hand, die er in seiner gehalten hatte – »Leg Stirn an Stirn und deine Hand in meine« –, ihre Finger, die sie um die seinen geschlungen hatte, ihre Finger hatten den Stift gehalten.

Den Stift, der geschrieben hatte: *Alles Gute.*

Er hatte Alles Gute gelesen und hatte gewusst, dass er sie nicht mehr wiedersehen würde. Er hatte Gewissheit. Und war gebrochen. Dieses Alles Gute hatte ihn umgebracht. In seinem Inneren war er bereits tot; er musste sich nur noch schnellstens ins Jenseits befördern – vor Mitternacht.

Sterben, zunächst aber ihr die Schuld an seinem Tod zuschieben. Auf ihren Brief mit einem Abschiedsbrief antworten. Und weil er kein unbeschriebenes Blatt hatte, hat er genommen, was er eben dahatte, ein noch leeres Schulheft. Das da, sagte ich und deutete auf das Clairefontaine-Heft. Und da es zu viel zu sagen gab und es ihm an Zeit mangelte, dachte er, er würde ihr ein paar Verse schreiben, zwei oder drei Vierzeiler, die Klartext sprachen, ein Wenn-morgens-fahle-Sonne-frühe-Gärten-bleicht-werd-ich-mir-meine-Adern-öffnen – was er auch tat. Er hat das Gedicht geschrieben, das wir vor Augen haben – dessen ersten Entwurf wir vor Augen haben, die erste Niederschrift, die er danach *ins Reine* geschrieben hat, auf ein anderes Blatt, das er herausriss, in einen Umschlag steckte, Tinas Namen draufschrieb und ihn zur Post brachte, an die Adresse des Produzenten ihres Stückes. Danach ist er nach Hause gegangen, hat sich ein Bad eingelassen, hat Tabletten genommen und mit dem Rasiermesser auf der Haut gespielt. Er hätte sich eine Kugel ins Herz schießen können, aber nein, zu große Angst, sich zu verfehlen – so jedenfalls hat er es danach behauptet, aber wollen Sie meine Meinung hören? Ich glaube, dass er in Wahrheit Angst hatte, zu treffen. Ich glaube, in Wahrheit war das alles nur Bluff, ein Ruf, eine letzte an Tina gerichtete Aufforderung. Indem er so tat, als würde er wirklich aufgeben, bewahrte er tief in seinem Inneren die winzig kleine Hoffnung, dass sie doch noch zurückkäme.

Ich erkannte ihn nicht wieder, ich hatte den Eindruck, ihn nicht zu kennen – aber kennt man seine Freunde je wirklich? Manchmal versteht man sich nicht mehr, man tastet sich blind voran, stößt an Wände, bis zu dem Tag, an dem man sich schließlich sagt, was man auf dem Herzen hat, so wie man ein Streichholz in der Nacht anzündet: nicht, damit es heller wird, sondern um das Maß an Dunkelheit zu ermessen, das jeder in sich trägt.

Ein paar Tage später saßen wir also im Café, wo ich versuchte, ihn zu trösten, und zwar nicht, indem ich den üblichen Unsinn runterleierte, nein, indem ich mich bemühte, aufrichtig mit ihm zu sein, indem ich ihm sagte, dass er noch nicht am Ende seines Leidens sei, dass er noch nicht fertig damit sei, an Tina zu denken, dass er lernen müsse, sich von ihr freizumachen, dass er sie noch lange im Kopf haben würde, erst an vorderster Stelle, dann aber nach und nach, im Laufe der Monate, in den Hintergrund seines Bewusstseins verdrängt, wie ein Bildschirmschoner, dem er immer weniger Aufmerksamkeit schenken würde. Das Begehren würde zur Erinnerung werden, nur die Vorstellung von Tina würde ihm noch gelegentlich durch den Kopf gehen, wie ein flüchtiger, ungenauer Gedanke, der bald verschwände, und so wie eines Morgens am Ende des Winters der Frühling kommt, würde diese verrückte Sache eintreten: Er würde aufgehört haben, sie zu lieben.

Natürlich war das für ihn in diesem Moment etwas, das er nicht hören konnte. Er denke, sagte er, an den Satz von Verlaine, als der von Rimbauds Tod erfuhr. Und er zitierte mir die berühmten Verse von El Baresed, dem libanesischen Dichter:

Wenn ihr Haar erst aschen wird
Und später Asche auch ihr Leib
Werde ich sie lieben

denn sie war in ihm, sie war Teil von ihm, sie ist in mir, wiederholte Vasco: Sie ist unbezwingbar Teil meines Ichs.

Na dann, wenn sie in dir ist, mach was draus, mein Lieber, schreib sie auf, schreib eure Geschichte auf, sagte ich zu Vasco. Aber er dachte: Wozu, das würde sie nicht zurückbringen; und als wir bei ihm vorbeigingen, um ein paar Sachen zu holen, nein, also wirklich, sagte er noch mal, wozu; und trotzdem hat er das Clairefontaine-Heft in seinen Koffer gesteckt. Die ersten drei Tage hat er nichts gemacht; tief in ihm nagte weiter der Gedanke an Selbstmord. Er verbrachte die ganze Zeit auf meinem Sofa und starrte die Decke an – selbst eine außerordentlich kontemplative Natur ist das irgendwann leid. Also hat er am vierten Tag begonnen aufzuschreiben, was er auf dem Herzen hatte oder eher *im* Herzen; und was er im Herzen hatte, das hat er in Verse gepackt. Reime und Rhythmus, das sollte ihn retten.

Er redete nicht mit mir darüber, er zeigte mir nichts, aber da er bei mir wohnte, fand ich seine Entwürfe in meinem Papierkorb, in Fetzen oder zusammengeknüllt, und während die Entwürfe sich häuften, sah ich ihn wieder lebendig werden. Zehn Tage vergingen; er kehrte in seine Wohnung zurück; er schrieb weiter. So ging das noch acht Tage, es ging ihm etwas besser, er hatte sogar einen Weg gefunden, einen Teil seiner Schulden zu tilgen, die vierhundertvierunddreißigtausend von Verlaines Revolver teilweise zurückzuzahlen.

Er hatte sich an den Direktor des Hotels Arthur Rimbaud erinnert, an ihr Duell bei Christie's. Wenn Sie sich eines Tages von dem Revolver trennen wollen, hatte ihm der Hoteldirektor gesagt, wissen Sie, wo Sie mich erreichen. Also hatte Vasco das Hotel angerufen, er hatte darum gebeten, den Direktor zu sprechen, und ohne ins Detail zu gehen, hatte er ihm erklärt, also, er brauche Geld, und zwar eine ganze Menge, er müsse es rasch zusammenbringen, sehr rasch, er müsse deshalb mit Bedauern den Revolver abtreten, ob sein Angebot immer noch gelte? Mehr denn je, hatte der Hoteldirektor geantwortet, und am Ende von Verhandlungen, die nur zwanzig Sekunden dauerten, hatten sie sich auf dreihundertfünfzigtausend Euro geeinigt – die Summe, die der Direktor als sein letztes Angebot genannt hatte. Er kam ohne die Auktionsgebühren davon, für die immer noch Vasco aufkommen musste, fünfundachtzigtausend Euro, zu denen man den Säumniszuschlag rechnen musste, an die hunderttausend alles in allem, die zurückzuzahlen blieben.

Bevor der Hoteldirektor das Geschäft abschloss, wollte er ihn aber sehen, den Revolver. Nichts normaler als das, befand Vasco, passt Ihnen Freitag? Aber Freitag passte dem Direktor nicht: An dem Tag eröffnete er ein neues Hotel, sein sechstes, das Hotel Pierre Michon in Châtelus-le-Marcheix in der Creuse, sicher, ein wenig verloren, der Ort, hatte er eingeräumt, aber man konnte mit den Michonianern rechnen, um die Belegungsquote anzukurbeln. Montag, fünfzehn Uhr, in der Hotelhalle? Also gut, Montag, hatte Vasco erfreut gesagt, aber vor dem Montag lag der Samstag, und der Samstag war Hochzeitstag.

19

Hochzeitstag in Beaumont-de-Pertuis, im Luberongebirge.

Wäre ich ein Romancier des 19. Jahrhunderts, wäre ich, sagen wir, Stendhal, so begänne ich damit, das Département Vaucluse zu beschreiben, seine gastronomischen Spezialitäten, seine kulturellen Sehenswürdigkeiten und sein Klima. Dann würde ich ein Dorf auswählen, Beaumont-de-Pertuis zum Beispiel. Ich würde seine romanische Kapelle erwähnen, den moosbewachsenen Brunnen, die steilen Gassen. Ich würde mir lange Abschweifungen über den Menschenschlag der Gegend erlauben, dann eine Familie auswählen, die seit langem dort verwurzelt ist, und ihr Porträt zeichnen. Zum Beispiel die Barzacs.

Zunächst würde ich von Jean-Louis sprechen, dem Großvater, lange Zeit Abgeordneter. Ich würde erzählen, wie er für ein Butterbrot das schönste Anwesen des Dorfes – manche sagten, des Départements – erworben hat, eine gewaltige Bastide aus Feldstein, die nur noch ein Haufen Ruinen war, und wie er all seine Gewandtheit eingesetzt hat, um sie unter Denkmalschutz stellen zu lassen. Und dann würde ich erzählen, wie die Restaurierung auf Staatskosten erfolgte, wie man ihr auf Kosten des Steuerzahlers ihren einstigen Glanz zurückgab – ich würde die zehn Schlafzimmer, die sechs Bäder, die provenzalische Küche und die beiden Empfangsräume beschreiben und natürlich die Terrasse.

Dort würde ich dann verweilen, auf der Terrasse, und ich würde bei den Gästen verweilen, die mit einem Glas Champagner in der Hand herumstehen.

Ach, wäre ich Stendhal gewesen. Ich hätte mich dem nach Herzenslust hingeben können, so wie er zu Beginn von *Rot und Schwarz*, wo er Seiten und Seiten über die Kleinstadt Verrières vollschreibt, über die Tapetenfabrik, die sie reich gemacht hat, über Monsieur de Rênal, den Bürgermeister mit dem ergrauenden Haar, über sein Haus, seine Gärten, über die Stützmauer, die er hat erbauen lassen, über die Tyrannei der öffentlichen Meinung in den kleinen Städten Frankreichs und so weiter, bevor er uns endlich, nach vier Kapiteln, Julien Sorel vorstellt.

Aber ich bin nicht Stendhal. Ich mache nicht in Realismus. Ich würde sogar sagen, der Realismus ödet mich an – genau wie Hochzeiten mich anöden.

Hochzeiten öden mich an, habe ich gesagt.

Ich habe nie Gefallen daran gefunden, in Jahrmarktatmosphäre mit Servietten zu wedeln und mir mit um die Stirn gebundener Krawatte zu *Les lacs du Connemara* die Kehle aus dem Hals zu schreien – nein, danke.

Und außerdem erinnern mich Hochzeiten an meine eigene. Aber das habe ich dem Richter nicht gesagt, ich habe ihm nicht gesagt, dass ich auch verheiratet bin. Es war in der Kirche Santa Maria dei Miracoli in Venedig. Die Erlaubnis zu bekommen, dort zu heiraten, war keine kleine

Sache gewesen: Es mussten dazu diverse administrative Schritte unternommen werden, darunter das Verfassen eines *Motivationsschreibens.* Ich hatte in meinem geschrieben, dass ich nicht sicher sei, ob ich an Gott glaube, dass ich auch nicht sicher sei, nicht an ihn zu glauben, aber dass ich bereit sei, dafür zu beten, dass Er existiert. Hingegen gebe es etwas, woran ich fest glaubte: Ich hätte die Gewissheit, dass die Frau, die ich heiraten würde, wenn so etwas denn überhaupt existiere, die *Frau meines Lebens* sei. Deshalb wolle ich unserer Liebe den feierlichen und heiligen Charakter einer kirchlichen Trauung verleihen. An jenem Tag ist meine Frau mit einer Blumenkrone im Haar zu Schuberts *Ave Maria* vor den Altar getreten. Meine Trauzeugen kamen zu spät, der eine hatte sich in der Uhrzeit geirrt, der andere sein Flugzeug verpasst. Später, beim Essen auf der kleinen Insel San Servolo, waren meine Frau und ich zu *Sarà perchè ti amo* und unter den Hochrufen der Gäste in den Saal eingezogen. Noch später tanzten wir auf dem mitten in der Nacht menschenleeren Markusplatz einen Walzer. Ihr taten die hohen Absätze weh, mir meine neuen Schuhe. Mit den Schuhen in der Hand sind wir barfuß nach Hause gelaufen. Es braucht keine ausschweifenden Sätze, um die Einfachheit der Liebe auszudrücken: Das war vielleicht der schönste Tag meines Lebens.

Und vielleicht hatte ich in dem Moment, als ich da im Büro des Richters saß, unsere Geschichte wirklich schon an die Wand gefahren. Eine lange Geschichte, die ich erzählen müsste. Ich müsste von meiner Überzeugung, meiner tiefen Überzeugung erzählen: Wir würden Kinder haben, wir würden gemeinsam alt werden, meine Asche würde eines Tages, mit ihrer vermischt, in den Wind der Lagune von Venedig gestreut. Planen Sie Ihr Leben, und das Leben wird all Ihre Pläne durchkreuzen. Und seit sie nicht mehr da war, war mir, als wäre ein Teil von mir amputiert, der beste, ja, amputiert, seit sie ein paar Tage vor unserem zweiten Hochzeitstag gegangen ist, ein paar Tage vor Tinas Hochzeitstag.

Ich war also in Beaumont-de-Pertuis, bei den Barzacs, und während ich auf den Beginn der Zeremonie wartete, ging ich allein zwischen den Olivenbäumen und Zypressen spazieren, allein und ohne die Gesellschaft von irgendwem zu suchen: Ich war missmutig, ich kannte praktisch keinen von Tinas Freunden und unter denen von Edgar nur Adrien. Seinen Kollegen. Den Kleiber. Sein Manuskript hatte ich schließlich irgendwann gelesen: Der Stil war altmodisch, akademisch, verstaubt, man konnte ihn nur unter kräftigem Einsatz eines Staubwedels lesen; er war schülerhaft, bemüht, wie ein Kind, das beim Ausmalen mit ausgestreckter Zunge darauf achtet, nie über die Linien zu malen; man hatte das Bedürfnis, ihn mit Fleißpunkten zu belohnen. Und dann mangelte es dem Ganzen an Herz. Nun muss ein guter Schriftsteller aber ein weiches Herz und ein hartes Auge für seine Figuren haben; Adrien hatte ein hartes Herz und machte ihnen schöne Augen. Unter Anwendung unendlichen Feingefühls hatte ich ihm geraten, ein paar Jahre zu warten, zu arbeiten und dann mit einem anderen Roman zurückzukommen; er hatte mir meine Offenheit übelgenommen und sich auf diesen versteift. Bei meiner Ankunft hatte ich ihn gesehen; er hatte so getan, als sähe er mich nicht.

Da der Himmel sich zuzog, ging ich noch mal zur Garderobe, um meinen Schal zu holen. Und da ich den Empfangssaal durchquerte, nutzte ich die Gelegenheit, um einen Blick auf die Tischordnung zu werfen.

Fünfundzwanzig Tische à zehn Gedecke.

Tina, ich kenne sie, hätte es vorgezogen, husch-husch zu heiraten, ohne weitere Begleitung, und sie hätte irgendwelche Clowns von der Straße als Trauzeugen geholt, stattdessen waren neben der engeren Familie und den Freunden auch Freunde der Eltern der Brautleute, Großtanten, die man seit Urzeiten nicht gesehen hatte, entfernte Cousins, die ganze Sippschaft eingeladen, zweihundertfünfzig Gäste – und man hatte mich ausgerechnet neben Margaux gesetzt.

Eine Cousine von Tina – ich hatte sie irgendwann mit Tina auf der Straße getroffen und dann waren wir zu dritt etwas trinken gegangen.

Ein Esel, sagte ich.

Dumm wie Stroh.

Dreimal gedroschen.

Großer Mund mit dicken Lippen, hervorstehende Wangenknochen, unwandelbar dümmliches Lächeln, das ihr ein wenig das Aussehen eines Einfaltspinsels verlieh, und der Busen einer Waschfrau. Das war das Erste, woran ich dachte, als ich sie sah. Dieses Mädchen, dachte ich, hat den Busen einer Waschfrau, und ich erinnere mich, dass ich mir vorstellte, wie sie am Ufer eines Baches hockte und die

Wäsche mit Holzasche einrieb, sie dann mit bloßen Füßen stampfte, ich sah sie mit ihrem Wäschekorb auf der Schulter, ihren schönen runden Brüsten, die in ihrem Mieder wippten, und ich hätte meine erotisch-historische Träumerei noch lange fortsetzen können, wenn Margaux nicht den Mund aufgemacht hätte – was mich zu der zweiten Sache brachte, die mir durch den Kopf ging: Mein Gott, was ist die blöd. Sie verfügte über die absolute Blödheit wie andere über das absolute Gehör. Ihre Unterhaltung war hohl und fad. Und dann war sie von deprimierend gleichmütigem Frohsinn: Alles war die ganze Zeit immer *genial*, *voll gut* oder *super*.

Ein Esel, wiederholte ich.

Laden Sie sie vor, habe ich gesagt, und urteilen Sie selbst.

Auf jedem Tisch lag eine Menükarte, wie bei allen Hochzeiten, üppig, dieses Menü, wie alle Hochzeitsmenüs: Mille-Feuille von der Stopfleber mit Honigkuchen, Wachtelbrüstchen in Weißwein, Risotto mit Waldpilzen, Bunter Dessertreigen, Kaffee, Weine, Champagner – und all das wofür? Für zweihundertfünfzig Gäste, die nicht einmal die Zeit hatten, sich an ihren Tisch zu setzen. Ich habe das Tischkärtchen mit Margaux' Namen mit dem ihrer Nachbarin vertauscht, habe meinen Schal an der Garderobe geholt und bin in den Park hinausgegangen; die Zeremonie würde gleich beginnen.

Denn am Ende hatte Tina keine religiöse Zeremonie mehr gewollt, hatte nicht mehr in der Kirche heiraten wollen, und da Edgar sich bereitwillig Tinas Willen beugte (das war, will ich klarstellen, bevor er ihre ehebrecherische Beziehung entdeckte), hatte er nicht darauf bestanden. Er hatte jedoch seine Mutter dazu bringen müssen, die bittere Pille zu schlucken: Diese Metze wird mich noch ins Grab bringen, hatte Edgars Mutter über ihre Schwiegertochter gesagt. Edgar hatte sich mit ihr gestritten, sogar damit gedroht, die Hochzeit abzusagen, woraufhin sich seine Mutter zehn Tage später widerwillig bei ihm entschuldigte: Einverstanden, da sie nun einmal darauf bestehe, werde man eine weltliche Zeremonie im Park organisieren, der die Bastide umgab. Sie werde aber immerhin ein paar Messen für ihr Seelenheil lesen lassen.

20

Unnötig, die Örtlichkeiten zu beschreiben, Sie haben die Fotos gesehen.

Der Richter hatte die Fotos gesehen – aufgenommen von den Gendarmen. Die Bastide, die Terrasse, die Stuhlreihen zwischen den Reihen der Olivenbäume, und dann natürlich den Hochzeitsbogen – das, was von dem Bogen übrig war. Ein halbrunder Bogen, gehalten von zwei Hellebarden, deren Schaft in die Erde gerammt war, geschmückt mit Tinas Lieblingsgedichten. Alle waren da, in den ersten Reihen die Eltern, die Großeltern, die Trauzeugen, die Schwestern von Edgar und die Mutter von Tina, dahinter Krethi und Plethi, die Domestiken, Freunde, Onkel und Tanten und Cousins, ich. Ich neben einem Cousin. Ein bisschen nachlässig, der Cousin, Schuhe nicht geputzt, Hose zerknittert, Hemd aus der Hose, kaum gebügelt, und um den Hals die etwas zu lange Krawatte, nachlässig geknotet – kein Cousin von Edgar, ein Cousin von Tina (sehr schick, die Cousins von Edgar, perfekt in ihren Maßanzügen, als hätten sie ihr Leben lang Anzüge getragen, als hätten sie ihren ersten Schrei wegen eines Krawattenknotens ausgestoßen, der sie beengte).

Wir warteten nur noch auf Tina.

Auch Edgar wartete nur noch auf Tina. Unter dem Bogen, zwischen den Hellebarden, die Hände hinter dem Rücken, mit seinem Zylinder, seinem Krawattenschal und seinem Frack, der ihm nicht stand, wirklich überhaupt nicht. Addio, *sprezzatura*. Er wirkte eingeschnürt darin, als hätte er ihn eine Größe zu klein gekauft; und außerdem sah er unruhig aus, besorgt, wie es ganz normal ist am Tag der eigenen Hochzeit – er aber war es viel zu sehr, was man verstehen kann: Die Zeremonie hätte schon vor zehn Minuten beginnen sollen, und immer noch keine Tina.

Einen Zehner, dass sie nicht kommt.

Das hat der Cousin gesagt. Einen Zehner, dass sie nicht kommt, hat er gesagt. Dann hat er nach oben geblickt: Sauwetter, was?

Denn inzwischen war der Himmel schwer, grau, aber kein Grau mit Nuancen, Kontrasten, Variationen der Intensität, kein Grau, das alle Graustufen abwandelt, sondern ein neutrales, farbloses, einheitliches Grau ohne jede Dominante – ein gutes altes mürrisches Novembergrau mitten im Juni.

Zwanzig, habe ich gesagt.

Er hatte das als Witz gesagt, ich nicht. Aber ich war ihm eine Länge voraus, unbestreitbar im Vorteil. Ich wusste nämlich, was er nicht wusste – was niemand hier wusste: dass sie beinah nie stattgefunden hätte, diese Hochzeit.

Hatte Tina es sich anders überlegt? Hatte sie im letzten Moment, im *schlimmsten* Moment beschlossen, Edgar für Vasco zu verlassen? Telefonierte sie gerade mit ihm? War sie schon weg, entflohen durch eine verborgene Tür? Das muntere Geplauder machte von Minute zu Minute einer wachsenden allgemeinen Verlegenheit Platz, man spürte, wie die Spannung stieg, nervöses Lachen und Hüsteln ließen sich vernehmen, etwas Ungreifbares, Lastendes drückte die Stimmung, auch etwas leicht Berauschendes, jedenfalls für mich, der ich dachte: Sieh an, eine Romanszene. Und wie in einem vielstimmigen Roman gab jeder seinen Kommentar ab, fragte sich jeder, was Tina machte, die einen witterten die Gründe ihrer Abwesenheit, die anderen überschlugen die Folgen, die einen wie die anderen mit leiser Stimme, besorgt, denn wenn die Braut nicht kam, würde man dann trotzdem etwas zu essen bekommen?

Alle Lippen wisperten nur noch ein Wort: die Braut. Es hieß, sie sei allein, eingeschlossen in einem Zimmer. Ihr Vater und ihre Brautjungfern hätten versucht, durch die Tür mit ihr zu sprechen. Zugesperrt, die Tür. Gar nicht heiter, die Brautjungfern. Irgendetwas stimmte nicht, trotzdem gaben sie sich optimistisch: Keine Sorge, nichts Ernstes, man solle sich beruhigen, die Braut werde kommen. Aber sie kam nicht, die Braut, und das hat kaum jemanden beruhigt, niemanden sozusagen und am wenigsten Edgar, den armen Edgar, der unter seinem Frack von Minute zu Minute mehr und mehr zusammenschrumpfte. Er stand da unter dem verfinsterten Himmel, reglos und sprachlos, verstört, als hätte er sein Vermögen beim Roulette eingesetzt, sein ganzes Vermögen auf Rot, und die Kugel wäre gerade bei Schwarz gelandet.

Vierzig, sagte der Cousin, der jetzt *ernsthaft* auf Tinas Verschwinden setzte.

Und tatsächlich schien es jetzt plausibel, dass sie nicht kommen würde und dass sie den armen Edgar im Stich ließe, dem seine Freunde mitleidig zulächelten, um ihm ihre Unterstützung zu bekunden, sorg dich nicht, mein Lieber, wir sind da, und allein unter seinem Bogen lächelte er zurück, ein zögerndes Lächeln, das verdrossene Lächeln des Mannes, dem es gerade passiert und der trotzdem nicht daran glauben will, nein, das kann nicht passieren, nicht ihm, nicht an diesem Tag, nicht vor all den Leuten, und der, da er sich weigert, daran zu glauben, nichts als warten kann, nur noch einen Moment, bitte, Herr Henker. Es zerriss mir das Herz.

Zwei weitere Minuten verstrichen, und Sie können sagen, was sind schon zwei Minuten, nichts, kaum die Zeit, *Le pont Mirabeau* von Anfang bis Ende zu rezitieren, aber diesen zwei Minuten muss man noch die fünfzehn bereits verstrichenen Minuten hinzufügen, siebzehn Minuten insgesamt, seitdem Tina hätte da sein und die Zeremonie hätte beginnen müssen. Und außerdem ist die Zeit überhaupt nicht objektiv: Sie ist wie die Temperatur, die Zeit ist eine subjektive Angabe, dem eigen, der sie wahrnimmt, und ebenso, wie man die reale Temperatur von der gefühlten Temperatur unterscheidet, müsste man die reale Zeit von der gefühlten Zeit unterscheiden, und jede Minute, die auf unseren Uhren sechzig Sekunden dauerte, musste Edgar wie ein Jahrhundert vorkommen, doch siebzehn Jahrhunderte auf die Frau zu warten, die man heiraten soll, vor der vollzählig versammelten Familie, den Großeltern, den Eltern, die einen anstarren und sich fragen, was sie treibt, kommt sie? kommt sie nicht? vor den Freunden, die nicht mehr daran glauben, siebzehn Jahrhunderte in Zylinder und Frack unter einem Bogen auf sie warten, das ist lang.

Nicht lang: endlos.

Schwankend unter dem Gewicht der Demütigung, die sich abzeichnete, hat Edgar mit erstickter Stimme zuerst der Familie und den Freunden gedankt, dass sie da seien und, alle gemeinsam, *der Einladung der Liebe* gefolgt seien. Und dann hat Edgar eine Rede improvisiert. Er hat über Liebe gesprochen. Über die Liebe, die er für Tina empfand. Er hat an ihre Begegnung am Quai des Grands-Augustins erinnert, als sie Bouquinistin war, dann hat er ihre Geschichte nachgezeichnet, ihr Leben zu zweit, dann zu viert, mit Arthur und Paul, ihren Augensternen; seine Stimme wurde fester, sie war plötzlich sicherer, ernster und auch tiefer; er zeigte sich inspiriert, berührend gar, als er ihre Familienferien schilderte, nur aus einfachem Glück, den bescheidenen Freuden gewebt, die den Stoff eines Lebens ausmachen.

Und dann hat er sich in einen Lobgesang auf Tina gestürzt. Er hat ihren Mut, ihre Großzügigkeit, ihren Humor, ihre Schönheit gerühmt, Tinas unverschämte Schönheit, sagte Edgar, ich würde gern schreiben können, fuhr er fort, und eine Ode, ein Madrigal, eine Elegie verfassen, um die Schönheit meiner Frau zu besingen; und man hätte jedes seiner Worte, jeden seiner Sätze festhalten müssen, denn jedes Wort war richtig, jeder Satz traf ins Schwarze; doch diese Worte sind verloren, verloren diese Sätze, die einen Schreiber verdient hätten. Wo waren Sie? Was haben Sie gemacht?, habe ich gefragt und den Finger anklagend auf den Gerichtsschreiber gerichtet.

Und dieser Mann, den ich immer für liebenswürdig und höflich gehalten habe, aber ohne Format, schön und gut, aber keine große Leuchte, wie man so sagt, dieser Mann, dem Tina die größte Kränkung angedeihen ließ, gestand uns *in absentia* die ganze Liebe, die er für Tina empfand, denn sie war, wie er sagte, sein Yin und sein Yang, sein Himmel und seine Erde, der Schlussstein, das Alpha und das Omega seines Lebens, und sein Leben lang wolle er sie lieben, beglücken, gestern erst, gestand er uns, hatte er ihr eine Brosche mit dem Bildnis von Verlaine und Rimbaud geschenkt, sie hatte gelächelt und geweint, und sie hatte ihm versprochen, sie heute zu tragen, an ihrem Kleid, das sagte Edgar, jetzt mit Tremolo in der Stimme, denn sie würde nicht kommen, es war vorbei, vielleicht würde er sie nie wiedersehen, und ich empfand gewaltiges Mitleid, unendliche Zärtlichkeit für ihn, und als Tränen in seine Augen traten, schaute er zum Himmel, bewölkter denn je, und wie Verlaine sagte, sagte Edgar, aber kein Ton kam mehr aus seinem Mund, vergeblich suchte er in seinem Gedächtnis einen Vers von Verlaine. Aber nein, nichts. Leere. Er kam nicht. Eindeutig. Und trotzdem stöberte er am Ende einen von Baudelaire auf und nahm sich die Freiheit, ihn Verlaine zuzuschreiben: Und wie Verlaine sagte, fuhr Edgar fort und wies auf den Himmel, der von Wolken anschwoll, wie Verlaine sagte, ich liebe die Wolken, die Wolken, die vorüberziehen, dort drüben, die wunderbaren Wolken – aber niemand sah mehr zum Himmel oder zu den Wolken oder auch nur zu Edgar: Am Ende des Weges war am Arm ihres Vaters Tina erschienen. Sie hatte keine Haare mehr.

Sie trug ein Kleid aus weißer, durchbrochener Seide; auf der Brust, über dem Herzen, die Brosche von Edgar, sie hatte einen herrlichen Pfingstrosenstrauß in den Händen und eine Krone aus frischen Blüten auf dem Kopf; aber sie hatte keine Haare mehr. Sie hatte sie abgeschnitten, sie hatte in einer Küchenschublade eine Schere gefunden, hatte sich im Zimmer eingeschlossen; vor dem Ankleidespiegel hatte sie ihre langen roten Haare betrachtet, hatte eine Strähne ergriffen und hatte, klack, mit wütender Geste hineingeschnitten, zehn, zwanzig Mal hintereinander, die Haare fielen dicht, in kleinen, ungleichmäßigen Büscheln auf das Parkett des Zimmers, sie waren überall um sie herum, zu ihren Füßen verteilt, und als es ihren Brautjungfern mithilfe ihres Vaters und eines Küchenjungen gelungen war, die Tür aufzubrechen, hatten sie Tina so angetroffen, im Brautkleid, mit der Schere in der Hand, saß Tina in der Mitte des Zimmers auf einem gelben Korbstuhl: Sie hatte keine Haare mehr.

Tatsächlich blieben ihr noch ein paar vereinzelte Strähnen, die sie keine Zeit gehabt hatte zu entfernen, keine Zeit, ihre Glatze zu vollenden, und nach der Überraschung, nach den Entsetzensschreien und den angstvollen Fragen der Zeugen hatte Tinas Vater das Zimmer der Brautleute verlassen und war in seins gegangen, er war mit einem elektrischen Haarschneider zurückgekommen, dessen Aufsteckkamm er auf sechs Millimeter eingestellt hatte. Dann hatte er mit peinlicher Sorgfalt abrasiert, was an Haaren auf dem

Kopf seiner Tochter übrig geblieben war, angefangen am Nacken, hinauf zur Schädeldecke, hatte die Operation in Gegenrichtung wiederholt, den Haarschneider häufig geschüttelt, um den Aufsteckkamm von den Haaren zu befreien, die sich in den Lamellen festgesetzt hatten, schließlich um die Ohren die Konturen nachgezeichnet, dann hatte er ein Handtuch in lauwarmes Wasser getaucht und damit Tinas Schädel gewaschen, den glatten und nackten Schädel seiner Tochter, auf den er schließlich einen Kuss und eine Krone aus frischen Blüten gedrückt hatte.

Und jetzt waren sie da, Vater und Tochter, gingen eingehakt bis zum Bogen mit den Gedichtblättern, bahnten sich einen Weg zwischen den ungläubigen Gästen, den Gästen, die sich fragten, was sie mit ihren Haaren gemacht hatte, und die darin die x-te Marotte einer Verrückten sahen, total durchgedreht, diese Tina, das dachten sie wohl, die Gäste, vermutete Tina, als sie an ihnen vorbeiging, aber sie sollten denken, was sie wollten, sie sollten sie ruhig für reif für das Irrenhaus halten, was hatte sie damit zu schaffen – die, die sie kannten, würden es verstehen, und ich verstand, dass das keineswegs eine Macke war, dass es keine Laune war, es war eine kathartische und radikale, befreiende Geste: Indem sie sich die Haare abschnitt, hatte Tina dem Hirsch das Geweih abgeschnitten.

Sie ging langsam, majestätisch, besänftigt, ihre großen grünen Augen leuchteten hell, sie ging langsam auf Edgar zu, der schon so lange wartete, und lächelte strahlend für den *Mann ihres Lebens*, ging auf den Mann zu, der sich ebenfalls fragte, was sie mit ihren Haaren gemacht hatte, der aber darauf pfiff, weil er sie liebte, sie liebte, wie sie war, sie für ihre Extravaganzen liebte, sie trotz ihrer Überspanntheiten liebte, sie liebte und sie erwartete, in Zylinder und Frack, sodass sie schließlich vor ihm stand und dann beide vor uns, Hand in Hand. Sie lächelten.

Nun sind wir *endlich* vereint, sagte der Zelebrant und fügte mit einem gewagten Lachen hinzu: *um ein Haar.* Und auch wir lachten, dann ging die Zeremonie ohne Hindernisse vonstatten, zumindest bis die Eheringe mit Unterstützung der Zwillinge ausgetauscht wurden: Edgar half Arthur, den Ring auf den Finger seiner Mutter zu schieben, Tina half Paul mit dem Ring für seinen Vater, und in dem Moment, als sie sich, offiziell zu Mann und Frau erklärt, küssen wollten, in dem Moment, als ich applaudieren wollte, als wir alle applaudieren wollten – die anderen, indem sie mit kindlicher Begeisterung und fiebernder Hast energisch die Hände aneinanderschlugen, und ich, indem ich sie kaum mit den Fingerspitzen berührte, widerwillig, darauf bedacht, so wenig Geräusch wie möglich zu machen –, genau in diesem Moment hörte man einen Esel brüllen.

Nicht Margaux.

Einen Esel, einen echten.

Der Iah, Iah machte, habe ich gesagt, den Esel nachahmend.

Der Esel weidete am Ende des Weges, zwischen den Stuhlreihen, und auf diesem Esel saß ein Mann in beigefarbenem Leinenanzug mit einer Karte in der Hand.

Die Hochzeitskarte. Noch bevor ich mich fragte, was Vasco auf einem Esel machte, dachte ich: die Hochzeitskarte. Das war es, was er bei der Wohnungsbesichtigung in der kleinen Keksdose auf dem Schränkchen in der Diele gesehen und gestohlen hatte: die Hochzeitskarte. So hatte er erfahren, wo die Zeremonie stattfinden würde (was ich dem Richter natürlich nicht gesagt habe).

Vasco, habe ich gesagt, wollte einen Eklat auslösen: Tina am Tag ihrer Hochzeit entführen. Eine verrückte, verzweifelte, teuflisch romantische und wahnsinnig romanhafte Tat oder völlig bescheuert – darüber gehen die Meinungen ziemlich auseinander.

Er hatte zuerst daran gedacht, sie mit dem Motorrad zu entführen, aber er war noch nie Motorrad gefahren, er hatte keinen Führerschein, er hätte kein Motorrad mieten können. Dann hatte er daran gedacht, sie zu Pferd zu entführen, aber er war noch nie geritten, er war kein Reiter, und außerdem war es nicht so einfach, ein Pferd zu besteigen, Pferde sind störrisch und wild. In der Gegend gab es ein paar schöne Touren, und für achtunddreißig Euro konnte man sich für einen halben Tag einen Wallach mieten.

Einen Wallach, habe ich wiederholt. Einen männlichen kastrierten Esel, habe ich von Vasco erfahren, der es aus dem Internet erfahren hatte, wo er mit ein paar Klicks sein Reittier reserviert hatte. Vascos Wahl war auf Modestin gefallen, siebzehn Jahre alt, einen Meter fünfzig Widerristhöhe, trauriger Blick, große Ohren und rotbraunes Fell. Das alles hatte natürlich weder die rassige Eleganz noch den Adel eines Pferdes, aber er war sanft und friedlich, er würde nicht wie von der Tarantel gestochen davonrasen. Das habe ich als Erstes gedacht, log ich, als ich Vasco auf einem Esel sitzen sah: Er wird bestimmt nicht wie von der Tarantel gestochen davonrasen.

Der Esel stand reglos am Ende des Weges; Vasco gab ihm einen kleinen Klaps auf das Hinterteil und Modestin setzte sich in Bewegung, kam langsam, in gleichmäßigem, entspanntem Rhythmus ein Stück näher, unter dem Applaus der Gäste (bestimmt war das *Teil des Spektakels*), vorbei an mir, mir selbst treu, entschlossen passiv, fatalistisch vielleicht, denn schließlich hätte ich den Lauf der Ereignisse ändern können, mich auf den Weg stellen zum Beispiel, Vasco zur Vernunft bringen und mit ihm abziehen, aber nein. Als wäre nichts zu machen, machte ich nichts, verstörter, ohnmächtiger Zuschauer, und sah ihn weitergehen, dann auf seinem Esel fünfzehn Meter vor dem Bogen stehen bleiben, zwei Reihen von da entfernt, wo ich war, aber ganz nah bei Margaux, die dieses unerwartete Ereignis *absolut genial* fand. So genial, habe ich gesagt, dass es schade gewesen wäre, hat sich Margaux gesagt, es nicht als Erinnerung festzuhalten.

21

Und dann stellte ich mich auf Aufforderung des Richters neben ihn, vor einen feinsandigen Strand, eine Palme, ein türkisfarbenes Meer – seinen Bildschirmhintergrund. In der rechten unteren Ecke klickte er auf einen Ordner, den Ordner »Barzac«, dann auf ein Video, das von Margaux, und jetzt hatten wir Edgars ungläubiges und fassungsloses Gesicht vor uns.

Man sah also Edgar in Nahaufnahme, reglos und stumm, benommen, wie bei einem kurzzeitigen Bewusstseinsverlust, der mit dem Finger auf etwas oder jemanden zeigte, das oder der nicht auf dem Bildschirm erschien, von dem wir aber wussten, der Richter und ich – der Richter, dem ich es gesagt hatte, und ich, der es mit eigenen Augen gesehen hatte –, dass es ein Esel war.

Außerhalb des Bildes also streckte Vasco die Hand nach Tina aus, auch sie reglos, ohne Zweifel zögernd, Tina, die sich, das habe ich später erfahren, fragte, was Vasco da tat und ob sie ihm folgen sollte, ihren Mann, ihre Kinder, zweihundertfünfzig Gäste verlassen sollte – zu einem unbekannten Ziel, zu dem sie auf einem Esel reiten würde.

Zoom. Jetzt sah man im Vordergrund den Hut einer jungen Frau, schick und ländlich, einen breitkrempigen

Strohhut, den Margaux' Nachbarin trug, und im Hintergrund, aber unscharf, da Margaux im Eifer des Gefechts nicht geistesgegenwärtig genug gewesen war, scharf zu stellen, sah man Edgar, der plötzlich aus seiner Benommenheit erwacht war, wie er eine der Hellebarden aus dem Boden riss, den gesamten Bogen zum Einsturz brachte und mit dem Ungestüm und der Heftigkeit eines Ulanenregiments Vasco angriff.

Kameraschwenk zur Seite. Wo man jetzt Edgar auf den allerersten Metern eines wilden Rennens begleitete, Edgar, dessen Frackschöße sich hoben wie die Rückennummer des Stabhochspringers, Edgar, der seine Hellebarde übrigens hielt wie ein Stabhochspringer seinen Stab, in beiden Händen, die eine am Ende des Schaftes und die andere in der Mitte, wild entschlossen, ein für alle Mal mit Vasco zu kämpfen, ihm erst die Spitze der Hellebarde in die Eingeweide zu rammen und ihn dann mit ihrer Klinge zu Kleinholz zu machen.

Statische Einstellung. In der man Edgar sah, wie er, mit einem Mal in seinem Lauf gestoppt, ein Knie auf den Boden setzt, die Waffe fallen lässt und sich den Unterbauch hält.

Cut!

Ende des Videos.

Für alles andere gab es die Zeitungen.

Der Geschichte wurde die Ehre einer halben Seite in *La Provence* zuteil, aus der hervorging, dass man »bei einer Hochzeit in Beaumont-de-Pertuis nur knapp einem Drama entgangen« sei, »als ein etwa dreißigjähriger, nicht polizeibekannter Mann das Feuer auf den Bräutigam eröffnete, den Enkel von Jean-Louis Barzac, lange Zeit Abgeordneter (und so weiter)«.

Als Vasco gesehen hatte, wie Edgar auf ihn zustürzte, hatte er zunächst gehofft, er werde ihn aufspießen und es wäre vorbei: Das wäre wie ein köstliches Prickeln, der befreiende Durchstoß, den er von ganzem Herzen ersehnte, aber sein Geist hatte gegen sein Herz revoltiert, und reflexartig hatte er den Revolver in der Innentasche seiner Jacke gepackt: Zweihundertfünfzig Augenpaare plus das kleine runde schwarze Auge des Revolvers von Verlaine waren auf Edgar gerichtet, der noch keine zehn Meter zurückgelegt hatte, als Vasco entsicherte und den Arm streckte, das linke Auge schloss, auf Edgars Füße zielte, und Peng! hat er geschossen. Nun konnte Vasco aber, wie wir wissen, nicht zielen.

Die Kugel, die er für Edgars Füße bestimmt hatte, hat Edgar in den Bauch bekommen. Und fünfzehn Minuten danach, während Modestin das frische Gras fraß, ohne Interesse für den Schnauzbärtigen mit Käppi, der Vasco Handschellen anlegte, während ein anderer Typ mit Käppi den Revolver und das Clairefontaine-Heft sicherte, drückte ich auf kleinen Landstraßen unter prasselndem Regen in einem alten, mit Schleifen, Pompons und einem Schild »Just Married« verzierten Auto das Gaspedal bis zum Bodenblech. Ein Polizeiwagen eskortierte Vasco zur nächstgelegenen Polizeistelle, und ich saß am Steuer eines Käfers, einem Sammlerstück, duftend von Tinas Brautstrauß, den sie etwas später wütend in einen Mülleimer in der Notaufnahme schmeißen würde, wo man, begleitet von einer Röchelsinfonie, Edgar den Frack ausziehen und ihm dann das Hemd aufschneiden würde, keine Zeit, die Knöpfe aufzuknöpfen, und dann würde man feststellen, dass es keine Wunde gab, kein Blut, nichts – und schließlich würde man begreifen: Eine Revolverkugel hatte Edgar zwar tatsächlich auf Höhe des Unterleibs getroffen, und er hatte sogar ein paar Federn gelassen – aber nur Federn: die aus dem Daunenfutter, das er sorgfältig in seinen Anzug hatte einnähen lassen und das den Einschlag der Kugel gestoppt hatte, eine aus einer altersschwachen Waffe geschossene stumpfe Kugel, die ihm nur ein kleines Hämatom verursacht hatte.

Ein kleines Hämatom, habe ich wiederholt, ein kleines, völlig nichtiges Hämatom: Damit ist Edgar davongekommen. Ein Mordsglück, hatte der Arzt zusammengefasst. Alles andere wissen Sie bereits, Sie wissen, dass Edgar und Tina immer noch zusammen sind und Vasco auf seinen Prozess wartet. Ich wage jedenfalls zu glauben, dass meine Aussage seine Strafe mildern wird, denn in Wahrheit ist er bereits dazu verurteilt, ohne sie zu leben, und das bis ans Ende seiner Tage, Tag für Tag bis zu seinem letzten mit der Erinnerung an Tina – *die Erinnerung an sie ist eine Sonne, die in mir lodert und nicht verlöschen will*, so könnte man, habe ich geendet, die Worte Verlaines abwandeln, als er von Rimbauds Tod erfuhr, und ich höre noch, wie der Richter mir sagt, nun also, wissen Sie was, wenn ich Sie wäre, würde ich aus der Geschichte einen Roman machen, und ich sehe mich das Gericht wieder verlassen, ich sehe mich die Stufen des Gerichts in der milden Abendstimmung hinuntergehen, während ich mir sagte, er hat recht, der Richter hat recht, aus dieser Geschichte, Väterchen, aus der machst du einen Roman.

Dieser Text wurde zum Teil in der Villa Marguerite-Yourcenar mit Blick auf die Riesen-Thuja geschrieben.

Die Leser von Tanguy Viel werden den Richter seines tadellosen Romans *Selbstjustiz* wiedererkannt haben: Es sei ihm hier dafür gedankt, dass ich ihn von Brest nach Paris habe versetzen dürfen.

Voltaires Herz wurde schließlich zurückgegeben. Der Autor möchte der Bibliothèque nationale de France seinen Dank dafür ausdrücken, dass sie entschieden hat, keine gerichtlichen Schritte einzuleiten.

Die Gedichte aus Vascos Heft im französischen Original

Seite 22
mon insomnie continuelle
la zizanie perpétuelle
la symphonie
habituelle
de mes nuits :
le vert inouï
de tes yeux
(et en plus ils sont deux)

Seite 27
Qui pour lui arriver à la cheville?
Vous m'en voyez navré, ni vous ni nous!
Comment ne pas l'adorer à genoux,
Cette fille?

L'avez-vous vue quand elle fait la moue?
Voyez ses pommettes, et là-dessous
Les fossettes, les deux tout petits trous
Sur les joues.

Et des yeux! voulez-vous que je vous dise?
Yeux qui flambent et ne font pas semblant
De ressembler aux grands cierges tout blancs
Des églises.

Et si d'un coup la musique s'arrête?
Qu'on ne se laisse pas désenchanter
Car Tina soudain se met à chanter
À tue-tête.

Seite 43
La Grande réserve
Mais nous deux, sur la réserve
(Puis toi sur la table)

Seite 51
Mets ton front sur mon front et ta main dans ma main,
Et fais-moi des serments que tu rompras demain,
Et pleurons jusqu'au jour, ô petite fougueuse!

Seite 58
Moi, dormir avec vous? Pourquoi pas mais l'ennui
C'est que vous ne puissiez fermer l'œil de la nuit

Seite 60
Nous avions la nuit pour adresse
Pour compagnons d'âpres vins blancs
Au fond des yeux plein de tendresse
Et quelque chose de troublant

Nous étions assis face à face
Dans ce café en clandestins
Où nous écrivions ce qu'effacent
À présent les tours du destin

J'avais tes yeux d'un vert agreste
Rien que pour moi et pour cela
Je pourrais donner ce qui reste
De ma vie pour ces heures-là

Ces heures qui soudain reviennent
Dans la scansion de mes vers
Je voudrais que tu t'en souviennes
Comme d'un beau ciel bleu l'hiver

Seite 61
Mais qu'est-ce donc là
Tapi au creux de ton cou?
Oh! Un haïku!

Seite 66 + 75
Un cœur immergé
F. M. A. dans BnF
Chut! taire le vol

Seite 81–82
Printemps
Sans voir tes yeux mes yeux se meurent
Et d'une mort à petit feu
Lentement défilent les heures
Celles sans toi m'importent peu

Été
J'ai froid sans toi la canicule
Se passe de ventilateur
Je sais combien c'est ridicule
Je dors près du radiateur

Automne
Crois-le ou non je sais j'ai tort
D'attendre en vain devant ta porte
Sans toi tu sais je suis plus mort
Que ce tapis de feuilles mortes

Hiver
Tu n'es pas là où peux-tu être
Nous serions bien dans mon cocon
À regarder par la fenêtre
Tomber la neige à gros flocons

Seite 87
C'était passé minuit dans un café bobo
Tu venais d'en pousser la porte entrebâillée
Aux tables des bougies aux murs blancs des flambeaux
Que venait d'allumer la fille ensommeillée

Tu portais des bottes une jupe un blouson
Le blouson était beige et la jupe était bleue
Les bottes rouges et noires comme un tison
– Une Parisienne en bottes de sept lieues

Ardente et enjouée tu m'as donné alors
Un baiser plein de fougue en disant : *que calor!*
Ton blouson prenait feu au feu de la bougie

Ce qui advint dis-tu se devait d'advenir
Et me voilà au moins avec un souvenir
De nos amours : une manche à moitié rougie

Seite 110
Aux rencontres fortuites
Aux écarts de conduite
À nos chambres secrètes
Aux puissances discrètes
Obscures des hasards
Et à tout ce bazar
Que ça fout dans nos vies
À la vie à l'envie

De tes lèvres soudain
De ta langue et tes mains
Caressant à loisir
Mon corps nu au plaisir
Au vertige à l'émoi
Qu'on ressent toi et moi
Je trinque avais-tu dit
Je trinque à tout cela
Mon amour *e basta*
Così

Seite 116
Tu verras, mon amour, viendra le jour funeste,
Où l'amour, mon amour, cet amour un peu fou,
Qui mérite à lui seul une chanson de geste,
Laissera, mon amour, un grand vide entre nous.

Et nous qui nous aimons d'amour comme l'attestent
Tes lèvres à présent dans le creux de mon cou,
Nous nous fuirons l'un l'autre comme on fuit la peste,
Nous qui l'un pour l'autre avions une faim de loup.

Tu feras à mon nom une moue manifeste,
J'aurai dans la bouche comme un arrière-goût,
En prononçant le tien, amer et indigeste,
Et serai parcouru d'un frisson de dégoût.

Qu'y peut-on, mon amour, si l'esprit se déleste
Des plus beaux souvenirs quand l'amour se dissout?
Car l'amour, mon amour, est comme un palimpseste,
On écrit là-dessus, puis on efface tout.

Seite 122
Et le ciel orageux nous tombe sur la tête

Seite 134
Elle, par miracle, dans mon lit, les yeux clos,
Un bras sur ses seins nus – sa pudeur l'y oblige –,
Et moi, toute la nuit, tremblant, pris de vertige,
À contempler, éperdument, le corps d'Élo

Seite 147
Main levée Christie's
Le revolver de Verlaine
Adjugé vendu

Seite 149, nach Louis Aragon
Un jour Tina mes vers qui seront ta couronne
Et qui me survivront d'être par toi portés
On les comprendra mieux dans leur diversité
Par ce reflet de toi que tes cheveux leur donnent
Un jour Tina mes vers en raison de tes yeux
De tes yeux pénétrants et doux qui surent voir
Demain comme personne aux derniers feux du soir
Un jour Tina mes vers on les comprendra mieux

Seite 159–160
Le soir tombait, je suis passé devant chez toi.
De nouveau j'ai jeté un œil à la fenêtre,
De nouveau j'ai pensé que je verrais peut-être
L'émeraude en tes yeux, le saphir à ton doigt.

Me voyant j'ai songé tu te dirais, Ma foi,
Ce qui devait être sera, voici mon maître
Et mon vainqueur qui m'attend là, moins de dix mètres
En contrebas. Tu dirais Monte, embrasse-moi.

À la fenêtre est apparu un jeune couple
– Sourires complices, yeux doux et langues souples –,
Que j'ai vu se pencher par-dessus le rebord

– J'ai pensé: qui sont-ils? mais j'allais le comprendre –
Pour ôter le panneau sur quoi j'ai lu alors,
En lettres blanches sur fond bleu, les mots: À VENDRE.

Seite 162

L'ARCHE DE LA COLOMBE
Maudite
soit l'arrière-grand-mère
de l'épouse du père
de celui qui fit l'encoche dans l'écorce du tronc
de l'hévéa géant d'où commença l'extraction
du latex qui devait donner le caoutchouc
à partir duquel furent produites les roues
de la bétonnière grâce à quoi l'on put
faire le ciment du trottoir de la rue
dans laquelle ton père
a rencontré ta mère

Seite 169

Ce soir avant minuit avec dans une poche
~~Une lettre timbrée~~ et ton nom là-dessus
Une enveloppe blanche // // // //
J'irai jusqu'à la boîte aux lettres la plus proche
~~Où glisseront ces vers que tu auras reçus~~
Y glisser les quatrains de notre amour déçu

Puis ayant remonté la rue et l'avenue
Je rentrerai chez moi ferai couler un bain
Regardant ta photo (la seule où tu es nue)
Je ~~songerai sans doute~~
Peut-être penserai-je à tes larmes demain

Et prenant tour à tour mesure de ta peine
Mon courage à deux mains et enfin mon rasoir
Je fermerai les yeux sur la nuit incertaine
Quand l'eau troublée de rouge emporte l'âme au noir

Seite 175
Quand ses cheveux seront de cendres
Plus tard encor cendres son corps
Je l'aimerai

Anmerkungen des Übersetzers und der Übersetzerin

Gérard de Nerval, *El desdichado*, deutsch von Hanno Helbing, C.H.Beck, München 1990

Stéphane Mallarmé, *Seebrise*, deutsch von Stefan George, C.H.Beck, München 1990

Arthur Rimbaud, *Das trunkene Schiff*, deutsch von Paul Celan, Insel Verlag, Wiesbaden 1958 / Frankfurt am Main, Leipzig 2008

Paul Verlaine, *Scheidende Sonnen, Müdigkeit*, deutsch von Karl Klammer, Insel Verlag, Leipzig 1922

Charles Baudelaire, *Der Spleen von Paris*, deutsch von Simon Werle, Rowohlt, Hamburg 2019

Jules Renard, *Nicht so laut bitte!*, deutsch von Lieselotte Ronte, Gatsby, Zürich 2022

Marcel Proust, *Auf der Suche nach der verlorenen Zeit*, deutsch von Eva Rechel-Mertens, revidiert von Luzius Keller und Sibylla Laemmel, Suhrkamp, Frankfurt am Main 1995

François-Henri Désérable, 1987 in Amiens geboren, war zehn Jahre lang professioneller Eishockeyspieler. Nach ersten Novellen erschienen 2015 und 2017 seine Romane *Évariste* und *Un certain M. Piekielny*. Der zweite Roman ist eine Hommage an den Schriftsteller Romain Gary und wurde in ein Dutzend Sprachen übersetzt. Auf Deutsch erschien er unter dem Titel *Ein gewisser Monsieur Piekielny* 2018 bei C.H.Beck. Für *Mon maître et mon vainqueur* wurde François-Henri Désérable 2021 mit dem Grand prix du roman de l'Académie française ausgezeichnet.

Claudia Steinitz und **Tobias Scheffel** übersetzen seit vielen Jahren französischsprachige Literatur. Claudia Steinitz hat Werke unter anderem von Virginie Despentes, Véronique Olmi, Albertine Sarrazin, Catherine Safonoff und Gabriella Zalapì ins Deutsche übertragen, Tobias Scheffel von Christophe Boltanski, Georges Perec, Pierre Lemaitre, Timothée de Fombelle, Marie-Aude Murail und anderen. Gemeinsam haben sie Romane von Véronique Bizot, Antonin Varenne und zuletzt (zusammen mit Andrea Spingler) den Briefwechsel zwischen Albert Camus und Maria Casarès übersetzt. Claudia Steinitz lebt in Berlin, Tobias Scheffel in Freiburg i. Br.

Cesare Pavese	*Der Mond und die Feuer*
Lisa Elsässer	*Fremdgehen*
Bruno Pellegrino	*Atlas Hotel*
Pascale Kramer	*Die Lebenden*
Romana Ganzoni	*Granada Grischun*
S. Corinna Bille	*Für immer Juliette*
Romain Gary	*Du hast das Leben vor dir*
Pascale Kramer	*Autopsie des Vaters*
Yael Inokai	*Mahlstrom*
Cesare Pavese	*Das Haus auf dem Hügel*
Matthias Amann	*Hunde im Weltraum*
Vincenzo Todisco	*Das Eidechsenkind*
Marie Modiano	*Ende der Spielzeit*
Ruska Jorjoliani	*Du bist in einer Luft mit mir*
Rolf Hermann	*Flüchtiges Zuhause*
Paolo Cognetti	*Fontane Numero 1*
Romain Gary	*Die Jagd nach dem Blau*
Lisa Elsässer	*Erstaugust*
S. Corinna Bille Maurice Chappaz	*Ich werde das Land durchwandern, das Du bist*
Cesare Pavese	*Der Genosse*
Leta Semadeni	*Tamangur*
Pascale Kramer	*Eine Familie*
Romana Ganzoni	*Tod in Genua*
Andreas Nentwich	*Change Ringing*

Gabriella Zalapì	*Antonia*
Fabio Andina	*Tage mit Felice*
Marie-Hélène Lafon	*Die Annonce*
Simon Deckert	*Siebenmeilenstiefel*
Cesare Pavese	*Der schöne Sommer*
Alexandre Hmine	*Milchstraße*
Fabio Andina Lorenzo Custer	*Tessiner Horizonte – Momenti ticinesi*
Elena Costa	*Der Traum vom kühnen Leben*
Ruska Jorjoliani	*Drei Lebende, drei Tote*
Gino Vermicelli	*Die unsichtbaren Dörfer*
Marie-Hélène Lafon	*Geschichte des Sohnes*
Franco Supino	*Spurlos in Neapel*
Dacia Maraini	*Caro Pier Paolo*
Fabio Andina	*Davonkommen*
Matthias Zschokke	*Der graue Peter*
Kathrin Burger	*Vor mir wird es Morgen*
S. Corinna Bille	*100 kleine Schauergeschichten*
Christoph Keller	*Afrika fluten*
Valentina Mira	*X*
François-Henri Désérable	*Mein Meister und Bezwinger*

EDITION BLAU
Rotpunktverlag